転生幼女は教育したい！

～前世の知識で、異世界の社会常識を変えることにしました～

ディビット
アメリアの父で、王兄。元王太子だが、アリッサと結婚するため、王太子の位を弟に譲った。現在は公爵位。
アメリア
王兄（父）と大賢者の娘（母）を両親に持つ、転生者。魔力至上主義の国に、魔力底辺で生まれたため、前世知識で奮闘！　前世での趣味は、茶道や太極拳など多岐にわたる。
アリッサ
アメリアの母で、大賢者の娘。本人も非常に優秀。学生時代に、現在の夫である王兄と出会い結婚した、元平民。
主な登場人物

リアン
アメリアの祖父で、平民だが大賢者の称号を持つ魔法研究家。
サマンサ
ディビットの側近で、侍女長。
レジーナ
アメリアの側近候補。セーバの町唯一の商店の娘だったが、今は孤児。ひたすら努力する、がんばり屋な性格。
レオナルド
アメリアの側近候補。魔力が少ないアメリアのことを認めていないため、あまり態度が良くない。

Contents

転生幼女は教育したい！

～前世の知識で、異世界の社会常識を変えることにしました～

Ryoko

イラスト
フェルネモ

1部　アメリア、領主となる

プロローグ

私は旅が好きだ。

人生はくそゲーなんて話も聞くけど、私にとっての海外放浪はリアルＲＰＧだった。

基本オタクで、日本にいる時には大体アニメ見るか本読むかゲームするかという、完全インドア派の私が、なぜか猛烈に旅に出たいと感じるようになったのは、一体いつからだろう。

どこかの女の子がおしゃべりするバイクに乗って旅をするアニメを見てからだろうか。

それとも、もっと昔、大泥棒の恋人がオートバイに跨（また）って華麗に去っていく姿に憧（あこが）れてからか……。

よくは思い出せないけど、高校生の頃にはもう強烈に世界を旅したいという衝動に取り憑（つ）かれていたと思う。

あの気持ちが色々と上手くいかない現状に対する現実逃避だったのかは定かではないが、変わらずアニメや本、ゲームに没頭する傍（かたわ）ら、私は着々と旅の準備を進めていった。

高校の勉強は壊滅的になっていたけど、英語だけは真面目に勉強した。

中国語やスペイン語も、ちょっとした会話ができる程度にはかじってみた。

小学生の頃からなんとなくで祖父と一緒にやっていた太極拳も、体力作りと護身術になるからと真面目に取り組み出した。

『海外で日本文化について訊かれて、何も自国のことを知らないって感じて……』なんて体験記を読んで、思い切って茶道を習い始めたのも高校生の頃だ。

大学ではそういった旅行準備の傍ら、中学生対象の塾講師や家庭教師をして旅行資金を貯めた。

ちなみに、中学生の頃は比較的真面目に勉強していた私は、高校時代には完全な阿呆になっていたので、いくら時給が高くても高校生の相手は無理だったのだ。

あと、バイクの免許も取った！　やっぱり旅はバイクでしょ！

そんなこんなで大学を卒業した私は、周りが就職していくのを尻目に念願の旅に出たのだ。

旅は、楽しかったと……思う。

ゲームの中ではよく見かける遺跡や城、砂漠やジャングル、当たり前のようにどこまでも続く地平線。

正直きつい時もあったし、実際、死にかけた時もあったけど……。

いや、実際に死んじゃったんだよね……私。

1章　赤ちゃんになってる？

さっきから、なんか息苦しい……。

てか、ヤバい！　息できない！　死ぬ!!

水の中で溺れる感覚に、必死にもがいて……。

ふっと、誰かの手に体を支えられて、水中から掬い上げられる感じがして……。

慌てて肺に大量の空気を送り込み……。

無性に大きな声で叫びたい衝動に駆られた私は、本能の赴くままに叫んでいた！

「おぎゃあ！！！」って。

あれ？　そりゃないわ。

さすがに〝おぎゃあ〟はまずいでしょ。

赤ちゃんじゃないんだから。

どこぞの発展途上国に貴重な女子力を捨ててきてしまった私でも、さすがにまずいと思う。

せめて、〝ワアー〟とか〝ヴォ～〟とか、いや、〝ヴォ～〟もまずいか……。

とにかく、〝おぎゃあ〟はいただけない。

というか、ここはどこ？

……砂漠じゃないよね？

大体、砂漠で溺れるって……。

あぁ、砂山に頭から突っ込んだって可能性はありか。

何か視界がぼやけて、はっきりと周りが見えないんだけど……。

そうこうしているうちに、やたらと大きな人に抱えられて、体を洗われ、きれいな布に包まれて、ベッドに横たえられていた。

その間、私は全くの無抵抗。

だって、手足が重くて、全然思うように動かせないんだもの。

もっとも、この体格差じゃ抵抗なんて無意味だけどね。

まさに、蟷螂（とうろう）の斧（おの）ってやつだ……。

しばらくすると、色々な人がやってきて（全て巨人！）、私のことを間近で覗（のぞ）き込んだり、軽く撫（な）でたりしていった。

声の感じからして、男の人もいれば、女の人もいるみたい。

ただ、みんな私に対して好意的な感じがするので（この辺は長い旅の経験でなんとなく察せられる）、今のところ特に大きな問題はなさそうだ。

まぁ、さっきから頑張ってグーパーを試みているけど、ほとんど手に力が入らないので、当面はこの人たちに保護してもらうしかないだろうね。


ずっと寝たきりのまま（体感で）数日が過ぎ、少しずつ視界もはっきりし出した今日この頃。

そろそろ、現実を受け入れなければならないようだ。

うん、どうやら私、赤ちゃんになってる。

例のあれだ、『頭脳は大人』ってやつ。

子供を通り越して赤ん坊にまで戻っちゃってるけどね。

どこかで、若返りの水でも飲んだ？

ともあれ、今の私が赤ちゃんになっているというのは、紛（まぎ）れもない事実みたい。

周囲の人たちが私に危害を加える気が全くなさそうだってことが、せめてもの救いかな。

何はともあれ、なってしまったものは仕方がない。

とりあえず、することもないし、眠いし、また起きてから考えよう。


今日、初めて鏡（かがみ）を見た。

正確には、鏡に映ったこの世界の自分の姿を。

鼻筋はスッとしていて、目はぱっちり、口は小さく、透き通るような肌にピンクの髪、紫の瞳。

何、この可愛い子！　ってくらいに可愛い。

断言できる。

この子は絶対に美人になる！

赤ちゃんなんて、みんな可愛いに決まってる？

どの子も同じ？

いやいや、そんなことはない。

「あなたも小さい頃は可愛かったのよ」って、母に見せられた私の赤ん坊の時の写真は、はっきり言って不細工だった。

あれは、何気に衝撃だったなぁ……。

同様に、テレビで見た某美少女アイドルの赤ちゃんの頃の写真は、小さい子って面倒そうっていう自称子供嫌いの私から見ても、やっぱり可愛く見えた。

それほど大差ない一般人ならともかく、誰もが認める美少女は赤ちゃんの時から美少女だ、というのが私の持論。

そんな私から見ても、鏡の中の愛くるしい赤ちゃんは、間違いなく〝美少女〟だった。

恐る恐る伸ばした私の手に合わせて、鏡の中の赤ちゃんも手を伸ばす。

私と同じ動きをする。

この可愛い子、私？

昔、見せられた赤ん坊の頃の私は、こんなに可愛くはなかった。

てか、不細工だった。

そもそも、ピンクの髪に紫の瞳って、アニメじゃないんだから。

確かに、今の私の周りには色々な髪や瞳の人たちがいる。

よく一緒にいてくれる女の人は深紅の髪に深紅の瞳の美人だし、朝と夜にやってくる男の人は紺色の髪に深い紫の瞳だった。

他の色々と私の世話をしてくれる女の人たちも、茶髪だったり緑だったり、金髪？　黄土色？だったり……。

とにかく、地毛でこの色はないよねって感じの人たちがたくさんいる。

ここの人たちってみんな派手だね、くらいに考えていたけど。

よく考えれば、某イベント会場ならまだしも、普段から全員こんな色の髪で生活している国なんて、私が旅した中には1つもなかった。

服装もあまり見慣れないものが多くて、余計にお祭り会場にいるみたいな変な錯覚を起こしていたけど、よくよく考えるとここの人たちは変だ。

服装や見た目だけじゃない。

言葉が全く理解できない。

伊達に色々な国を巡ったわけではない。

自分が知らない国の言葉でも、現地で必要に迫られれば挨拶くらいは覚えるし、しばらくその国にいれば、意味は分からずともどの辺りの言葉かくらいは分かるようになったりもする。

なのに、ここの人たちが話す言葉に全く聞き覚えがない。

少なくとも、私が旅した国の中には、この人たちが話す言葉と似た雰囲気の言葉はなかった。

自然ではあり得なさそうな髪と瞳。

全く聞き覚えのない言葉。

そして、決定的なのが美少女（美乳児）に生まれ変わった私の容姿。

そう、完全に生まれ変わっている。

これは、若返りのパターンではなく、異世界転生の方だったか……。

と、いうことは、私、死んじゃったってことだよね。

いつ？

旅の最後の記憶は、確か砂漠の道をバイクで走っていて……。

その後の記憶がない。

死ぬようなこと、あったかなぁ？

車や人とすれ違うなんて、オアシスから出ちゃえば1日バイクで走っても片手で数えられるくらいしかないし……。

交通事故って線は薄いよね。

……あっ、強盗！

外国人旅行者のバイクにタックルしてきて、転倒した隙に荷物を奪っていく強盗がいるって聞いたような……。

それか、撃たれたか……。

場所は離れてるけど、民族紛争の煽りで射殺された外国人旅行者がいるって、聞いた気がする。

………………。

……………。

どうでもいいや。

死んだのは間違いなさそうだし。

その夜、私はこの世界に来て、初めて大泣きした。

＊＊＊＊＊

私はアリッサ。栄えある（笑）モーシェブニ魔法王国の、一応公爵位を持つ貴族だ。一応ね。

というのも、ほんの数年前までは平民だったから。

要は、王太子だったディビッドと結婚したから公爵になったのだ。

なぜか私と結婚したがったディビッドを、断固拒否！

だって、平民が王族になんてなったら、絶対に苛められるもの。

「なら、私が婿に入る」って、ディビッドが言い出して。

さすがに、王族が平民の家に婿入りはまずいだろうということで、王家の分家として公爵家を作り、変則ながら私は晴れて公爵となったのだ。

ちなみに、この国の貴族制度では、貴族の地位は各個人が持つ〝血〟に対して与えられるものだから、本来ならディビッドと結婚したからって私まで公爵になるわけではない。

ただ、〝公爵家〟については、そもそもの成り立ちが〝平民〟の私と結婚するためのディビッドの我儘、特例措置だからね。

そこはついでに体裁を整えて、ディビッドだけでなく私も公爵にしてしまったわけ。

まあ、そんなことはどうでもいい。

最近産まれた私の娘のアメリア、超かわいいんですけど！

マジかわいい！　すごくかわいい！　滅茶苦茶かわいい！

透明感のある肌に整った目鼻立ち。

可愛らしく、小さな口元。

ピンクの髪に、淡く光るアメジストのような薄紫の瞳。

昔、倭国で見た、朝靄に浮かぶ春の桜のよう。

ディビッドは、アメリアの淡い色の髪と瞳を見て不満……というか、不安そうにしていたけど。

一般に髪や瞳の色が薄い者は、魔力が少ない傾向にあるからね。

私は気にしてないけど。


このモーシェブニ魔法王国は、魔力至上主義の国だ。

はっきり言って、魔力だけで成り立っている。

他国と比べ格段に魔力量の多い国民が、魔法王国でしか採れない魔石に魔力を籠め、それを輸出してお金を稼いでいる。

魔力なんていくら使っても、生きてさえいれば寝てても勝手に戻る。

魔力の高い者は、生まれながらに金貨を生み出す魔法の財布(さいふ)を持っているようなものだ。

まぁ、働かないよね、普通。

ここで、一応この国の社会構造について。

まず、国は税金として国民の魔力を全回収する。

そうしないと、みんな働かずに、自分の魔力を売って生活するようになるからね。

じゃあ、魔力が高くても意味がないのかというと、そうでもない。

この国の最低賃金は、個々の魔力量の半分と決められているから。

だから、魔力の高い者ほど高給取りということになる。

で、魔力の高い者は初めから高い給料が保証されているわけだから、当然、真面目に働かない。

真面目に働くのは、魔力だけでは生活できない、魔力の少ない者ばかりだ。

もちろん、もっと稼ぎたいという人もいるし、仕事自体が好きな人、中には意識の高い人もいるから、魔力の高い者は皆働かないというわけではない。

でも、全体として見れば、やっぱりこの国の、特に魔力の高い貴族をはじめとする人たちは、変なプライドばかりが高くて働かない。

というのが、子供の頃、父に連れられて散々他国を見て回った私の感想。

別に世界は、単純な魔力量だけで回せているわけじゃないんだけどね。

と、そんなわけで、私は大して気にしていないのだけど、この国から出たこともなく、魔力至上主義の価値観の最上位に君臨する王族の旦那としては、子供の魔力が少ないかもというのは、結構な悩みの種らしいのだ。

それでも、理屈抜きに娘は可愛いらしく、なんだかんだで娘が産まれて以来、どんなに仕事が忙しくても、帰宅せずに王宮に泊まり込むなんてことはなくなった。

本人は、「貴族の子供の世話など乳母や侍女たちの仕事で、親が子供にべったりなのはよろしくない」なんて、偉そうに言ってたけどね。

私が気づいていないとでも思っているのかな？

毎朝毎晩、私が席を外している隙に娘のところに来て、緩みきったデレ顔で娘を構いまくっていることに。

今度、アメリアのベッドの横に鏡でも置いておこうか。

厳格なつもりのお貴族様が、実際にはどんな顔で娘に接しているのか、現実を自覚すればいいのよ……。

（あっ、ダメだ。アメリアが怖がる）

昨夜のアメリアの様子を思い出して、慌ててその企みを放棄する。

今まで一度として夜泣きなどしたことのなかったアメリアが、一晩中ぐずって泣きやまないという事態に、さすがの私も少なからず動揺し、同時にアメリアも普通の赤ん坊だったかと、ちょっと安心したりもした。

（それにしても、あの時のアメリア、超かわいかった！）

昨晩の入浴時、たまたま発見した鏡に映った自分の姿に、目を大きく見開いて驚愕するアメリア。

恐る恐る鏡に向かって手を伸ばし、自分の動きに合わせて動く自分の姿を、不思議そうに見つめるアメリアは、思わず叫び出してしまいそうになるほど可愛かった。

それは私だけでなく、一緒にいた侍女たちも同じで、みんな必死に表情を抑えながら身悶えていた。

まあ、その後、部屋に戻ってしばらくして、ずっと黙り込んでいたアメリアが、突然かつてない大泣きを始めたのには驚いたけど。

赤ちゃんなんて、泣くのが当たり前だしね。

今までが大人しすぎたのよ。

それより、昨夜はバタバタしていてすっかり忘れていたけど、鏡を前にした時のアメリアの反応！
ディビッドに自慢しないとね。

2章　王宮訪問

昨夜は散々泣いて、気分もだいぶ落ち着いた。

なんの躊躇(ためら)いもなく全力で泣きわめけるというのは、赤ん坊の特権だね。

ここまで恥も外聞(がいぶん)もなく泣いたのって、記憶にある限り初めてかもしれない。

そのせいか、たったの一晩でだいぶ気持ちの切り替えができたみたい。

もう元の世界には帰れないとか、家族にも会えないとか、まだ色々辛(つら)い気持ちもあるにはあるけどね。

でも、新しいゲームを始める時とか、日本を出国する時とか、それに似た高揚感(こうようかん)も感じているから、とりあえずは大丈夫そうかな。


さて、新しいゲームを始めましょう。

まずは、現状把握(はあく)からかな。

よし！

「しゅてぇたす・おぉぴゅん(ステータス・オープン)！」

「うんどぉ（ウィンドウ）、おぉぴゅん（オープン）」

「あぁちぇむびょくす（アイテムボックス）、おぉぴゅん（オープン）」

……………。

はい、無理ですね。

別に本気でやったわけじゃないから。

ただ、一応確認した方がいいかなぁって思っただけだから！

そもそも、ゲーム中に死んだわけじゃないんだから、この設定はないよね。

となると、あと期待できるのは転生特典。

所謂（いわゆる）チート能力ってやつか。

とりあえず、体の中心、丹田（たんでん）に意識を集中して、体内を巡る魔力の流れを感じてって……。

もちろん、何も感じない。

多少の熱は感じるけど、これは元の世界で太極拳の練習とかしてる時にも感じた熱だから、気の流れっていうか単なる血行促進（そくしん）効果みたいなものだから。

体の一部に意識を集中させると、何かそこに熱を感じるっていうのは結構自然なことで、それで『私にも魔力が!?』とか言い出しちゃうと、もう例の病（やまい）一直線だ。

………………。

まだ、現実逃避気味だなぁ。

なんか、異世界転生なんてファンタジーなことが実際に起きちゃったから、現実と妄想とか願望とかがごっちゃになっちゃってるね。

ここは冷静にならねば。

とりあえず、今のところ生命の危機とかはなさそう。

ここの人、みんな優しいしね。

見た感じ、生活水準もそこそこ高そうな気がする。

部屋も広いし、汚い感じもしない。

中世のヨーロッパ？

よく異世界ファンタジーで見る設定、とも違うかな。

どちらかというと、明治の洋風レトロ？

基本洋風なんだけど、微妙にアジアっぽい感じもするし。

服装も、ドレス！　って感じじゃなくて、意外とシンプルで、ベトナムで見たアオザイやチャイナ服に似ているかも。

あまり刺繍とかコテコテしてない民族衣装って感じで。

うん、結構カッコいいかも。

でも、あの手の服って人を選ぶんだよね。

どうしよう。

私には無理だ。

て、今の私、赤ちゃんじゃん！

これから超絶美少女に育つんだから、ああいうのも全然オーケー……多分。


で、あの紅い髪の人が読んでるのって、本だよね。

よしよし、とりあえず本はある世界だ。

まずは一安心だね。

本のない世界なんて、考えられない。

さすがにアニメやゲームもとは言わないけど、本くらいはないと快適に引きこもれない。

いや、引きこもりって人生の夢でしょ。

私の中の将来なりたいものランキングでもかなりの上位だよ。

まあ、どうでもいいけどね。


さて、灯り(あか)は……どう見てもロウソクやガス灯の灯りじゃない。

電気かなぁ。

テレビやラジオみたいなのは見当たらないけど。

もしかして、結構発展してる？

窓ガラスも透明だし。


とりあえず、どのくらい文明が発展しているのかは分からないけど、多分お金持ちの家だ。

生活水準は結構高いと見た。

前世の旅で泊まった宿屋の中には、ここより１００倍ひどいとことかもあったしね。

蚊が大量発生したり、Ｇが大量発生したり、ベッドがダニだらけだったり、一晩中クラブ並みの大音量で音楽が鳴り響いていたり……。

こんなん、眠れるか!!　って……。


なんか異世界転生ってことでビビってたけど、実は全然大したことないかも。

とりあえず、安全だし、宿は快適だし、お金の心配もしなくてよさそうだし。

全然、問題ないじゃん。

だいぶ冷静さを取り戻した私は、改めて周囲の観察を始めてみた。

あそこのソファーに座って本を読んでいる紅い髪の人が、多分私の母親なんだと思う。

よく一緒にいてくれるし、なんか私に対する接し方が他の女の人たちと違う。

こう、世話をしてるという感じじゃなくて、ただ単に構いたいから側（そば）にいるって感じ。

他の女の人も優しいんだけど、でも接し方が仕事っぽいというか。

それに、あの紅い髪の人に対する周りの対応って、明らかにメイドさんの対応だよね。

その割には紅い髪の人の対応が主人（あるじ）っぽく見えないのが気になるけど。

実際、今も働かずに本読んでるし。

従業員なら、さすがに怒られるよね。

よし、とりあえず、あの紅い髪の人が私のお母さんでここの主人（あるじ）ということで。

で、他の女の人たちはこの家のメイドさんということにしておこう。

その線でまずは人間関係を構築かな。

あとは、朝と夜によくやってくる男の人がいるけど、あれが父親かな？

まあ、悪人には見えないし、多分カッコいいんだろうけど、ちょっと私の好みとは違うかも。

なんか、構い方が微妙にウザいし。

でも、あの人が私の父親だとすると、あの紅い髪の人の旦那さんで、この家で多分一番偉い人ってことだから……。

うん、無難な対応を心がけましょう。

そんなこんなで、快適引きこもり生活を満喫中のアメリアです。

アメリアというのは、今世での私の名前みたい。

多分、間違いないかと。

頻繁にその単語で呼びかけられるから。

もうこの生活を始めて1年くらいになるんじゃないかな。

転生した当初は、こんな赤ん坊の体でろくに動けないなんて、どうやって時間潰そうとか考えてたんだけどね。

杞憂でした。

食べて寝て、もとい飲んで寝て、もちろんお酒じゃないですよ、ミルクです、の生活は思いの外快適だった。

というか、あんまり起きていられないんだよね、この体。

多分、大人の意識が処理しようとする情報量に、赤ん坊の未発達な脳が耐えきれないんだと思う。

結果、すぐに眠くなっちゃう。

それでも、最近は起きていられる時間がだいぶ延びてきた。

あと、体もだいぶ動くようになってきた。

そんなわけで、最近は筋トレにはまっている。

何をするにも体が資本だからね。

スポーツとか全く興味のない私だけど、体だけは鍛(きた)えてきた。

主に旅のために。

短距離走とかマラソンとか平均以下で、サッカーとかボール踏んで転(こ)けそうになっちゃう私だけど、多分体力は人並みにあったと思う。

バックパック背負って1日中歩けたし、40度を軽く超す砂漠の猛暑にも耐えられた。

ちなみに、砂漠ってばかみたいに暑いけど、湿気はないから意外と快適なんだよね。

日陰にいれば結構涼(すず)しいし、暑さにしても蒸し暑い暑さではなくて、どちらかというと電気ストーブの熱さに近いから、個人的にはさほど嫌ではなかった。

ともあれ、筋トレである。

まずは寝返りを打ちつつストレッチ。

続いて腕立て伏せ。（お腹は床に貼りついたままだけど）

そしてマラソン（ハイハイ）である。

さすがにまだ太極拳はできないけど、お座りの姿勢での站椿（たんとう）、所謂じっとした姿勢での気功の型、なんかはできるから、こちらの訓練も頑張っている。

手を大きく開いて、肩と肘（ひじ）を落として全身の余分な力を抜く……あっ、後ろに転がった。

この体はただ座るだけでも大変で、バランスを取るのがすごく難しい。

まあ、焦（あせ）らず頑張ろう。


そんな引きこもり生活も、終わりに近づきつつあるのを感じている。

最近は外出することが増えたのだ。

といっても、私が望んで外出しているわけではなくて、ただお母様や侍女の皆さんが私を抱いて屋敷の中や庭などを歩き回るだけなんだけどね。

所謂、お散歩というやつだ。

で、分かったこと。

今世の私って、超お嬢様だ！
家とか超広いし、庭なんてどこまでが庭だか分からない。
だって、外の建物とか屋敷の塀とか全然見えないし……。
あれだ、門から玄関まで行くのに馬車が必要ってやつ。
なんとなくお金持ちなんだろうなとは思ってたけど、はっきり言って桁が違う。
もう、慌てて母親のことお母様呼びに切り替えましたよ。
まあ、実際にはまだしゃべれないから、あくまでも心の中でだけど。
だって、こんな豪邸に住んで何人もメイドさん使っている人が一般人なわけないもの。
間違いなく貴族とか、そういうのでしょう。

後日、初めての屋敷外へのお出かけで浮かれていた私は、連れていかれた先が王宮だと知って、自分が貴族であることを確信したのだった。

＊＊＊＊＊

今日は、アメリアを連れての初めてのお出かけ。

義妹への娘のお披露目だ。

（積年の恨み？　晴らさずおくべきか！）

私よりも半年ほど早く妊娠していた義妹は、母親の余裕？　みたいなのを出して私を見下してくるし……。（ただの被害妄想）

旦那のディビッドは妙に早く帰ってくる日が増えるし……。（こっちは事実）

とにかく、大変だったのだ。

そんな私の苦労も報われ……いや精神的な苦労ってことだから！

とにかく！　こんな私も可愛い可愛い娘を授かり、無事母親となることができたのだ。

で、今は娘との初お出かけ＆初お披露目で、王宮に向かっているというわけ。

……そう、王宮。

苦手なんだよね、あそこ。

なんかみんな偉そうだし、実際、嫌な視線投げつけてきたり、直接嫌みとか言ってくるのもいるしね。

はっきり言って気分悪い。

まあ、元平民だし、〝傾国の紅き魔女〟だしね。

大体、なんだ？　その〝傾国の紅き魔女〟って。

本当、貴族って大袈裟な表現好きだよね。

ディビッドが勝手に押しかけてきただけだっていうの。

そもそも、それだって私目的じゃないんだから、悪いのはディビッドとお父さんじゃん。

全く、あの魔法オタクどものお陰で私は大変だっていうの。

そんなことを考えながら、ふと腕の中の我が娘を見る。

彼女は興味深げに初めて見る外の景色を眺めていた。

続く街並みはのんびりとした佇まいを見せながらも活気に溢れ、この国が豊かであることを物語っている。

全体に石造りの建物が多いが、木造のものも見られる。

どの家も作りがしっかりとしていて、この国の技術水準の高さが窺われた。

そんな街並みを、馬車はゆっくりと王宮に向かって進んでいく。

やがて、馬車は立派な門を潜る。

そして、現れる平屋の大きな建物の数々と、それらを繋ぐ回廊。

その中でも一際豪華な建物の前に、馬車は横付けされた。

「さて、ここからが問題だ」

一度深呼吸して心を落ち着けた私は、手の中の娘を侍女のサマンサに預けると、ゆっくりと馬車を降りていく。

「いらっしゃいませ。アリッサ様」

建物のエントランスまで迎えに来てくれていたベラの侍女が、私たちを王宮の奥まで案内してくれる。

そして聞こえてくる、悪意に満ちた囁き。

「……傾国の魔女……」

「……平民の小娘が……」

「……大した魔力でもなかろうに……」

そして、新たに加わる悪意ある言葉。

「なんだ、あの薄い髪の赤子は……」

「あの女の子供なのか？」

「仮にも王家の血を引く子供が嘆かわしい」

私のことはいい。もういい加減慣れた。

でも、娘のことまでとやかく言われるのは許せない！

思わずブチキレる寸前、王宮の最奥、王の居住区の入り口に辿り着いた。

案内されたのは王宮の奥深く、中庭にひっそりと佇む小さな四阿。

もちろん周りに悪意を振り撒く者もおらず、中では黒髪の美しい女性が1人、のんびりと午後のひとときを楽しんでいた。

「王妃様。アリッサ様がお出でになられました」

その声に振り向き、ゆっくりと立ち上がった女性は、こちらに向かってにこりと微笑む。

「いらっしゃい、アリッサ公爵。よく来て下さいました」

それに、貴族らしい優雅な会釈と共に返事をする私。

「本日はお招きいただき、ありがとうございます。ベラドンナ王妃殿下」

「…………」

「…………」

しばしお互いに見つめ合って……。

「ふっ」

「くっ」

互いに、今度は自然な笑顔で微笑み合うと、ベラが気軽な様子で席を勧めてくれた。

「久しぶりね、アリッサ。元気にしてたかしら?」

「まあね。妊娠中とかアメリアを産んだ直後はちょっと大変だったけど。今は娘との平穏な日々を満喫しているわ」

「それは羨ましいことで。こちらは政務政務で、ろくに息子を構ってやることもできないわよ。まあ、ディビッド様も何かと手伝って下さるし、陛下の周りも最近はだいぶ落ち着いたけど」

「へ～、それで2人目を作ってみたわけね」

「うッ、耳が早いわね」

「別に。ディビッドが期待した目で教えてくれたから、軽く睨んでやっただけよ」

「本当に相変わらずね。いくら結婚したとはいえ、仮にも王族で陛下のお兄様なのよ」

「関係ありませ～ん。平民なんかと結婚したヤツが悪いのよ」

「まったく……。まぁいいわ。なんだかんだで昔から仲がいいのは知ってるしね」

「仲がいいって……。そりゃ、今はそれなりに上手くやってるとは思うけど、はっきり言って私との結婚なんて成り行きみたいなものよ。たまたまディビッドは自分が望んだ生活が、私との結婚で手に入りそうだって考えただけで。言ってしまえば、私なんておまけよ、おまけ。尊敬する先生の娘っていうだけなんだから」

「そう思っているのはあなただけよ。大体、成り行きで王太子が王位継承権捨てて平民と結婚できるわけないでしょ」


そんなとりとめのない話をしながら、2人は思い出す。

まだベラドンナがディビッドの婚約者候補であった頃。

アリッサが大賢者の娘と呼ばれながらも、ただの平民の学生として学院に通っていた頃。

ディビッドやベラドンナ、アリッサが共に過ごした学院での日々のことを。

「今度、君のお宅にお邪魔してもよいだろうか？」

「…………はぁ？」

休み時間でざわめく一般科の教室に突然現れたディビッド王太子殿下に、教室のざわめきは静寂へと変わり、次の瞬間王太子殿下が発した言葉で一気に膨れ上がった。

一般科、貴族科と明確な線引きはあるものの、2つの科に全く交流がないわけではない。

一般科の平民はここで貴族との接し方を学び、貴族科の貴族は平民のものの考え方を知る。

このモーシェブニ魔法学院では、建前としてはお互いの交流は推奨されているし、学院内で貴族が身分を盾に平民の生徒に対して理不尽な態度をとることは校則で禁じられている。

一部の貴族の中には、この機会に平民の実情を知ろうと、積極的に平民に関わろうとする者もいるし、そういった中で平民と貴族の生徒の間で友情が芽生える場合もある。

また、カッコいい男の子、可愛い女の子に惹かれるのは貴族も平民も同じで、そういった一部の生徒は身分に関係なく広い交友関係を築いていたりもする。

アリッサはその容姿と大賢者の娘という生い立ちから、本人無自覚ながらそういった一部の生徒に分類されており、故に積極的に関わってくる貴族も少なくないのだが……。

それでも、その相手が王太子であれば、話は別である。

「いや、一度君の父君に魔法についてのお話を伺いたいと思ってだな」

ナンパというわけではないと分かり、ひとまずは収束を見せる教室。

なまじアリッサが学院内でも有名な美少女なだけに、〝もしかして〟という可能性を考えてしまったが、そこは貴族のさらに上に君臨する王族と、大賢者の娘とはいえ所詮平民である。

まあ、あり得ないだろう。

あり得ないに決まっている。

王太子の魔法オタク、失礼、魔法好きは有名なので、魔法大全の著者である大賢者と話がしてみたいというのは、ひどく納得のいく理由だった。

平民の家を王族が訪問するというのは非常識だが、ディビッド王太子殿下は普段から貴族平民分け隔てなく接していらっしゃるし、平民の教師に対しても常に礼節を重んじる方だから、王宮に一方的に呼び出して教えを乞うことに抵抗があるのかもしれない。

一時はパニックに近い混乱を巻き起こした王太子の発言も、そうした好意的な解釈――認知的不協和の解消とも言う――によって事なきを得た。

「光栄にございます、ディビッド王太子殿下」

恭しい態度で頭を下げるアリッサ。

そして、王太子殿下の来訪が決定した。

＊＊＊＊

それはもちろん、ＯＫしたわよ。

だって、断れるわけないじゃない。

どんなに非常識であろうと、王太子のお願いに拒否なんて無理でしょう。

まあ、幸いなことに王太子殿下に横柄なところは全く見られなくて、平民であるこちらの事情にも何かと気を回してくれていたしね。

初めは緊張していたお父さんも、最後の方ではお互いの魔法の解釈で意気投合していたし。

何はともあれ、ディビッド王太子殿下の来訪も無事に乗り切ることができた。

やれやれ、これでまた私の平和な学院生活が戻ってくる……。

「……どうして、ディビッド王太子殿下が我が家に？」

「いや、昨日、大賢者殿とお話しさせていただいた時にな、『いつでも遊びに来なさい』と言っていただいたので、お言葉に甘えさせてもらった」

「………」

真に受けるな！

世の中には社交辞令ってものがあるでしょ。

王族なんだから、その辺察しようよ。

お父さんも迂闊に言質取られるようなこと言わない！

「…………であるからして、この世界の者は皆魔法というものを神聖視しすぎると思うのだよ」

「しかし、先生、帝国で起きた石板消失事件の…………云々」

「…………魔法というのは、もっと論理的なもので…………云々」

またやってる。

王太子って暇なのかなぁ。

そろそろ帰ってもらわないと、また迎えとか言って兵士が大勢で押しかけてきても困るんだけど……。

「で、なんでディビッド王太子殿下が我が家で夕食を召し上がっておられるのでしょう？」

「いや、今から帰っても父上たちも食事を済ませてしまっているだろうし、先生の厚意に甘えさせていただいた」

「………」

そして気がつけば、うちのお父さんとディビッド王太子殿下は、「殿下」、「先生」なんて呼び合う仲になっていて。

今日もまた、私は突然訪れたディビッド王太子殿下のために、３人分の食事を殿下の専属侍女サマンサさん監視の下作らされるのだった。

そして、そんな日々が2年ほども続いたある日、事件は起こった。

「アリッサ、私の妻になってもらえないだろうか？」

「………………はぁ？」

いつも通り？　の我が家での夕食のあと、ディビッド王太子殿下から出た台詞に、我が家の

居間は凍りついた。

今、なんて言った？

妻？

何それ？　おいしいの？　あぁ、倭国料理についていたあれかぁ……。お刺身、おいしかったなぁ……って！　いやいや、そうではなくて、それって私と結婚したいってこと？

この人、こんなところにいるけど、一応王太子よね？　次期国王よね？

それって、私にこの国の王妃になれって言ってる？

「本気？」

「もちろん本気だ。

真剣に我が伴侶にと望んでいる。

誤解のないように言っておくが、側妃や愛人などではない。

正妃として我が王宮に迎えたいと望んでいる」

真剣な様子でこちらを見つめる深い紫水晶の瞳を見返し、私ははっきりとした口調で答える。

「お断りします」

「……えっ？」

誤解の余地のない簡潔な返事に、殿下の表情がみるみる変わっていく。

この様子から判断するに、恐らく断られるなどとは思っていなかったのだろう。

そりゃあ、王子様の周りの貴族のご令嬢方は、この台詞を王子の口から出させようと、あの手この手で頑張っているからね。

世の女性は皆王子様からの求婚を夢見ているとでも考えていたのだろう。

わけが分からないといった顔をしている。

「誤解のないようにもう一度言います。ディビッド王太子殿下と結婚して正妃になるなんて、絶対に嫌です！」

いくらなんでもそんな言い方をしたら不敬罪になるって？

今更でしょ。

この2年近く、頻繁に我が家を訪れる殿下の相手をしてきたのだ。

出会ったばかりの頃の、ただ王太子というだけでビビりまくっていた頃とは違うのだ。

ふっ、あの頃とは違うのだよ！

そして、未だに状況が呑み込めていない様子の殿下に説明する。

「だって、私、平民ですよ。王宮なんかに行ったら、絶対に苛められるじゃないですか。学院内だけでも平民のくせに王太子殿下をたらし込んでいるって陰口叩かれているんですよ。これが王宮で、国中の貴族からって、考えるだけでぞっとします」

「なっ！　誰がそんなことを」

「誰でもいいです。というか、実際に口に出すか出さないかの違いだけで、大半の貴族はおもしろくないと思いますよ。

殿下は私と結婚すれば、今まで通りにお父さんにも頻繁に会えるとか考えているのかもしれませんけど、絶対にそうは問屋が卸しません。

間違いなく、血の雨が降ります。

私も命は惜しいですから、この話はなかったことにして下さい。

私は、何があっても、王妃になるつもりは、ありませんから！」

そこまで言うと、殿下もさすがに理解できたのか、それ以上食い下がることもなく、捨てられた子犬のように項垂れながら王宮へと帰っていった。

少し可哀想な気もするが、これは仕方がない。

私たちももうすぐ学院を卒業するし、そうなればもうお互いに住む世界が違うのだ。

殿下にも早く現実を知ってもらって、さっさと大人になってもらうしかあるまい。

うん、私は悪くない。

良識的な、大人な対応だったはずだ……。

それからしばらくの間、ディビッド王太子殿下の姿を学院で見かけなくなった。
もちろん家にも来ないし、聞いた話ではずっと学院を休んでいるらしい。
ショックでぐれた？
寝込んだ？
そんなことを考えていると、ある日、思い出したように殿下が我が家を再び訪れた。
もう来ないと思ってたんだけど、気持ちの整理がついたのかな。
せっかく訪ねてきた殿下を追い返すわけにもいかず、若干気まずいながらも家に招き入れた私は、再度ディビッド王太子殿下の言葉に唖然とさせられることになる。

「私を婿にしてくれないだろうか？」

「…………………はぁ？」

聞けばディビッド王太子殿下、いやディビッド殿下は、正式に王位継承権を放棄。王太子の位を弟に譲り、自分は学院卒業後には新たに領地を得て公爵として弟である新国王を支えることとなったという。

「これは決定事項であり、父上も周りの者も了承済みだ」

「それってどういう？」

殿下が言うには、名目上領地を得て管理することになるが、新たな領地は元々王家の直轄地で特に利用も管理もされておらず、ただ放置されているだけの土地なので特にすることもない。

私たちは新たに与えられる王都公爵邸に移り住むことになるが、そこは王宮からも離れていて、知らない貴族が訪れるようなことは一切ない。

自分は毎日王宮に通って新国王の補佐をすることになるが、アリッサや先生にはなんの義務も制約もないから、毎日屋敷でお茶を飲みながら読書を楽しんだり、自由に魔法の研究をしてくれればいい。

まさに三食昼寝つき、至れり尽くせりのお気楽生活ということらしい。

既(すで)に根回しは済んでいるっぽい……。

「本気?」

「私なりに、どうすればアリッサが私との結婚に納得してくれるのか真剣に考えてみた。アリッサの言い分も理解できたしな。その上でお互いがもっとも納得できるかたちを考えてみたのだが……」

「……なんて言うか……。こんな無茶、よく国王陛下が納得して下さったわね」

「ダメならアリッサと一緒に国を出ると言ったら、しぶしぶ了承してくれたよ」

「勝手に国を出るとか決めないでほしいんだけど」

「別に私も、本気でアリッサを連れて国を出ようと考えているわけではない。無茶な要求を通したければ、より無茶な要求を突きつけて、これに比べればずっとマシだと思わせてやればいい。ただの駆け引きだよ」

「…………」

呆れてものが言えない。

「で、それでも私が断ったらどうするつもり？」

「……アリッサを連れてこの国を出る」

やっぱりね。

そう言うと思いました。

ちなみに、これは恐らく本気だ。

駆け引きでもなんでもなく、本気で今の地位を捨てて、ただの平民になって他国で私とお父さんと楽しく暮らそうとか考えているに違いない。

私には分かる！

この人は、非常識なことを真面目に考えて実行してしまう人だ。

これは、この辺りで妥協しておいた方が無難かなぁ……。

＊＊＊＊＊

私の名はベラドンナ。

ボストク侯爵家の娘で、ディビッド王太子殿下の婚約者候補だ。

ただ、この〝婚約者候補〟という肩書きはもうすぐなくなると思う。

私の目の前で呑気にお茶を飲んでいる平民の娘、アリッサがいるのだから。

アリッサのことは学院入学当初から知っていた。

彼女は目立っていたから。

深紅の髪の美少女で入試も好成績ということもあるが、何よりも彼女が注目されていた理由。

それは、彼女が大賢者の娘である点だ。

〝大賢者〟、この平民には些か大袈裟すぎる称号は、我がモーシェブニ魔法王国の国王陛下が直々にお与えになったものだ。

この称号は、税の免除という貴族と同等の特権はあるものの、貴族の爵位ではない。

単に税の支払いは免除するから、今後も魔法の研究に勤しみ我が国に貢献するようにという意味の、言わば名誉称号に近いものだ。

だから、娘のアリッサはもちろんのこと、大賢者の称号を得たリアン師ですら、身分としてはただの平民だ。

では、なぜただの平民が大賢者などと呼ばれるようになったのか。

それは、リアン師の成し遂げた功績にある。

『魔法大全』を世に著したことだ。

若い頃から魔法研究家として世界中を巡っていたリアン師は、各国各地方に存在する数多の神殿に祀られる〝石板〟とそこに書かれた呪文を調査し、どの地方にどのような魔法が存在し、どのように使われているのかを、自身の見解と共に1冊の著書にまとめ上げたのだ。

これにより、遠く見知らぬ土地に存在する自分たちの生活圏にはない魔法の所在が明らかになり、それにより、今までは全くやり取りのなかった土地との魔法技術の交流が始まった。

今までは問題解決は不可能と行き詰まっていた研究は、新たな魔法の発見により大きく前進し、倭国で開発された〝カラクリ〟を始めとする多くの新技術が生まれるきっかけとなった。

その功績からリアン師は賢者と呼ばれるようになり、そうした世界全体からの評価を踏まえて、陛下自らが特別に〝大賢者〟の称号を平民であるリアン師にお与えになったのだ。

彼自身は平民の間であればいざ知らず、貴族の基準で見れば決してずば抜けた魔力量というわけではない。

もちろん、特別に稀少な魔法を使えるわけでもない。

だが、彼がこの世界に与えた影響は絶大だ。

故に、国としてもたかが平民だからと、彼を蔑ろにするわけにはいかなかった。

そもそも、なぜ、リアン師以前には、他所の土地に存在する魔法は伝わっていなかったのか。

その理由は、魔法の習得方法、そして、２００年ほど昔に起こった〝石板消失事件〟とその後の神聖ソラン王国滅亡にある。

この世界の魔法は、遠い昔に天上の神々よりこの地に住まう人々に与えられたものだ。

人は己の魔力を籠めながら神々から与えられた言葉、呪文を唱えることで魔法を使うことができる。

そして、その呪文の威力や完成度は、籠めた魔力の量、呪文に対する正確なイメージ、そして正確な発音によって決まる。

ちなみに、これもリアン師の研究の成果であり、魔法大全に記されている事柄だ。

今や魔法大全は魔法を真剣に学ぶ者のバイブルとなっており、このモーシェブニ魔法学院でも、魔法学の教科書として正式に採用されているくらいだ。

それはともかく、問題は〝発音〟である。

神々の御言葉はあまりにも高度で、ひどく発音が難しいのだ。

通常魔法を習得しようとする者は、まず教師からその呪文を習いそれを覚える。

そして、ある程度呪文の発音を覚えたところで神殿に赴き、そこで正確な呪文の発音を学ぶのだ。

その際に使われるのが〝石板〟である。

神殿の石板には神代の文字で呪文が記されており、その文字を指でなぞると、なぞった者の頭の中に神々の声、正しい発音の呪文が響くのだ。

呪文の習得を望む者は、何度も覚えたい呪文の石板が祀られた神殿へと赴き、繰り返し正しい発音を聞くことで正確な発音を身につけていく。

これがこの世界の魔法の習得法だ。

そして、ここで問題になるのが、呪文は一度覚えさえすればずっと使い続けられるわけではないというところだ。

一度は覚えた正しい発音も、使い続ければ徐々に崩れてくる。

魔法の精度は徐々に失われ、いずれは魔法そのものが発動しなくなってしまう。

だから、人は定期的に神殿を訪れ、石板に触れて正しい発音を聞くことで、呪文の精度を維持するのだ。

故に、どのような呪文であっても、その呪文のある神殿から遠く離れた土地では、習得も維持もできない。

そのため、今まで他所の土地に見知らぬ魔法が広まることはなく、どうせ使えない魔法であるなら、それをわざわざ調べようと考える者もいなかったのである。

では、石板そのものを移動させてしまえばよいのでは？

かつて魔法の独占を目論み、国中の石板を1カ所に集めようとした国があった。

神聖ソラン王国、世界に覇を成した大国だった。

そうして神殿から王都に集められた石板は、7日後に全て消失した。

世に言う〝石板消失事件〟である。

この事件で多くの魔法を失った王国は衰退の一途を辿り、民からの猛烈な反発を受けた王家は倒れ、神聖ソラン王国は滅亡した。

現在は新たにソルン帝国が建っているが、石板消失の影響は200年経った今日でも大きく、かつての大国の偉容は鳴りを潜めてしまっている。

この歴史的事件よりあと、神殿は絶対不可侵とされ、石板は保護はすれども独占はしないという認識が、世界中で徹底されるようになった。

そのお陰で、リアン師のような他国の者でも、本来は国家の秘匿財産ともなりうる稀少な呪文を、自由に研究できたのだが……。

ともあれ、そうした偉大な功績を残した大賢者の娘ということで、彼女は入学当初から学院中の生徒や教師から注目されていたのだ。

そんな彼女のことを魔法好きのディビッド王太子殿下が気にし出したのは、当然だったのかもしれない。

でも、殿下のお気持ちが決定的に彼女に傾いたのは、あの闘技大会の時。

王都VSボストク領で行われた団体戦の決勝。

ボストク領チームを率いる私の前に立ちはだかったのは、ディビッド王太子殿下だった。

そして、殿下の隣に佇む紅蓮の髪の少女、アリッサ。

ゆっくりと前にかざされる手と、紡がれる美しい神代の言葉。

そして、巻き起こった炎は徐々に形を成し、黄金に輝く火の鳥へと姿を変えたのだ。

それは、神話の中でのみ語られる炎を司る精霊フェニックス。

聞いたことも見たこともない美しい魔法だった。

彼女から放たれたフェニックスに恐慌状態となるチームメイトたち。

当然だろう。

神話にしか存在しない炎の大精霊が、今、自分に向けて襲いかかってきているのだ。

私だって震えを止めることができなかった。

当然だが、結果はボストク領の惨敗。

決勝とは思えぬ、一方的で無惨なものだった。

その後、あの時、決勝でアリッサが使ったフェニックスの魔法が、威力としてはただのファイアボールと変わらない、いわば単なるこけおどしの呪文に過ぎないことが判明し、皆の呪文に対する興味は急速に萎んでいった。

それでも、あの時、アリッサが作り出したフェニックスは本当に美しく、あの闘技大会以降、アリッサのファンが急増したのは紛れもない事実だ。

かく言う私も、あの大会がきっかけでアリッサと交流を持つようになり、今では親友と言ってもいい関係を作り上げている。

あの闘技大会の決勝。

それまで心のどこかで所詮平民の娘と侮っていた私は、あの日、光輝く炎の化身を従えて優美に佇む、あの燃えるような紅蓮の髪の少女に思わず引き込まれてしまったのだ。

あの姿を彼女の横で間近に見ていた殿下が、美しいと感じないはずがないのだから……。

案の定と言うべきか、その後、大賢者から魔法について学ぶと言ってアリッサの家に通い出した殿下は、学院を卒業すると同時に、王位継承権の放棄とアリッサとの婚約を正式に発表した。

元々王太子と結婚して正妃となる話になっていた私は、新たに王太子となった第二王子のカルロス殿下と婚約することとなったが、今にして思えばそれでよかったような気がする。

ここだけの話、ディビッド様よりもカルロス君の方が可愛くて好みだったから。

ディビッド様がアリッサと結婚してくれて、そのお陰で王妃となった今でも義姉妹としてこうして学生時代のように2人でお茶ができるのだから、結果オーライというものだ。

◆◇◆◇◆

全く、この義姉（あね）は……。貴族、もとい王族が平民と結婚することがどれだけ大変なことだったか、何も分かっていないわね。

それを可能としたディビッド様の努力と政治手腕も、それだけの逸材（いつざい）を手放すことを決断された前国王であるお義父（とう）様の苦悩も、この義姉は〝成り行き〟で片付けてしまうのだから。

「ほんと、不憫（ふびん）だわ」

義兄（ディビッド）も義父様（先王陛下）も浮かばれないわね。

「えっ？」

「なんでもないわ。それで、そろそろ可愛い姪（めい）を私に紹介してくれないかしら？」

「あっごめん。私の可愛い可愛い娘のアメリアよ。アメリアちゃん、この怖そうな人がベラおばさんですよ」

「（怒）……まあ、別にいいけど……。

はじめまして、アメリア。叔母のベラドンナよ。よろしくね」

私がじっと見つめると、アメリアは若干怯えた様子で下を向いたあと、改めて観察するように私をじっと見つめ返していたが、最後まで泣き出すようなことはなかった。

「本当に大人しい、というか、大人びた子ね。普通は私の顔を見たら泣くんだけど」

「それ、自分で言ってて悲しくない？」

「事実だもの。さすがに息子に大泣きされた時にはへこんだけど。大抵の赤ん坊は初めて私に会うと大泣きするわ。そういう意味では、この子って異常よ。さすがアリッサの子供と言うべきかしら」

「会って早々悪口？」

「違うわ。褒めてるのよ。肝が据わっているというか、なんだか末恐ろしいわね」

「確かに滅多に泣かないし、手のかからない子だってのは事実よ。私の読書の邪魔なんて絶対にしないしね。でも、肝が据わっているっていうのとはちょっと違うかな。逆に、赤ちゃんとは思えないほど周りの空気を読むもの。絶えず周りを観察していて、自分がその場面でどう動くのが正解か考えているような。たまに大人みたいな顔つきで天井を睨んで考え事とかしてるしね」

「まあ、変わっているのは血筋だからしようがないとして」

「ちょっ、それどういう意味よ！」

「そのままの意味よ。で、魔力の方はどうなの？　色々と話は耳に入ってきていたけど……。その見た目だと、全くの事実無根ってわけでもなかったようね」

「それって、この子の魔力量のこと？　そんなの知らないわよ。この子まだ1歳だし、神殿で魔力量を測るのは3歳になってからでしょ」

「まあ、そうなんだけど。親なら普段接していればなんとなく子供の魔力量は察せるでしょ？　それに、学院一の魔力感度を誇っていたあなたが、自分の子供の魔力を感じ取れないわけないじゃない」

「まあね……。なんとなくは分かるよ。はっきり言って、相当低いと思う」

何か問題でも？　といった様子で、あっけらかんと死刑宣告に等しい言葉を言い放つアリッサ。

この国で、特にこの国の貴族の間で魔力が低いというのは、感覚としては剣士が手足に欠損を抱えるに等しいほどの、深刻なハンデと言えるのだ。

私は黙り込み、なんとも言えない気持ちで新しくできた姪を見つめる。

生粋の貴族の生まれで、特に強大な攻撃魔法に重きを置くボストク侯爵家の娘でもある私にとっては、魔力が低いというのはこれからの人生の全てを否定されるに等しい受け入れがたい事実なのだ。

「ディビッドもかなり気にしているようだけど、はっきり言って私はあまり気にしてないわよ」

単なる強がりでも現実逃避でもなく、心底そう思っているという様子のアリッサ。

「別にベラと違って、うちは元々貴族ってわけじゃないしね。それに、いざとなったら魔力とかであまり差別されない別の国に行っちゃえばいいだけだから。まあ、なんとかなるでしょう」

あっけらかんと答えるアリッサに毒気(どくけ)を抜かれて、私は大きなため息をつく。

「あなたはいいかもしれないけど、ディビッド様は王族なのよ。大体、今ディビッド様にこの国を出ていかれたりしたら、私と陛下(カルロス君)が死ぬわよ」

「まあ、大丈夫だと思うよ。私は可愛い娘を信じてるから」


そんなたわいもないおしゃべり(実は将来の王国の国政に関わるかもしれない重大案件なのだが)をしつつ、午後のお茶を楽しむ2人。


「そういえば、アメリアの誕生祝いがまだだったわね」

私は気分を切り替えようと、侍女に用意しておいたものを持ってこさせる。

しばらくすると、先ほど指示を出された侍女が精巧な柄の紐(ひも)で結ばれた、白い桐(きり)の箱を持って戻ってきた。

「これ、アメリア誕生のお祝いにもらっていただけるかしら」

丁寧に美しい紐を解き、その中身をアリッサとアメリアに見せる。

中には薄い紫の下地に桜の花びらの意匠をあしらった不思議な印象の茶碗が納められている。

茶碗を箱から取り出し、テーブルの上に広げた布の上に丁寧な所作で置く。

「どうかしら？　銘は〝アケボノ〟。倭国の古典からとったらしいわ。アメリアの髪と瞳のイメージにぴったりだと思って。これなら由緒もしっかりしているし、アメリアが将来貴族相手にお茶席を持つことになっても、舐められることはないわよ」

私の言葉に、今度はアリッサの方が若干蒼くなる。

「しっかりした由緒って、これどうしたの？　かなりいいものに見えるんだけど」

「以前、倭国から来た使者がくれたのよ。『倭国皇家より先王陛下に友好の証として贈られた品で、私が誕生したお祝いにと、王妃様より下賜されたものでございます』って。どう？　完璧でしょ？これにケチをつけてくる貴族がいたら、そいつはモーシェブニ王家と倭国に喧嘩を売っているのと同じことよ。アメリアもいずれは貴族とも付き合うことになるんだから、これくらいは持っていないとね」

誕生の祝いにと、王妃自らが倭国から友好の印にとモーシェブニ王家に贈られた貴重な茶器を、アメリアに下賜する。

これは王家がアメリアの存在を認め、後ろ盾についていると宣言するに等しいことだ。

恐らく魔力の少ない姪のことを案じ、色々と心を砕いてくれている親友に感謝しつつ、アリッサはゆっくりと流れる午後のひとときを楽しんでいた。

3章　文字を教えて！

なかなかに気疲れする1日だったなぁ。

昨日の初めての外出を思い出し、私は軽くため息をついた。

この世界……は、分からないけど、少なくともこの国は、ほぼ私の予想通りの文化水準のようだった。

建物なんかはしっかりしているようだったけど、元いた世界のように科学が発展しているってわけでもなさそうだ。

電化製品の入り込んでいない、どこかの国の世界遺産の街並みって感じか。

街もそこそこ大きかったし、雰囲気もヤバい感じは特にしなかった。

人々の暮らしが特別に貧しいという風でもないし、私の常識では理解できないような感じのものも見当たらなかった。

街の作りが乱雑なのは都市計画なんて概念などないだろうから仕方がないとして、特に街を囲む城壁などもないようだったから、魔物に街が襲われるとか隣国との戦争とかの心配はないのだろう。

さすがに王宮は塀と城壁に囲まれていたけど、これは危険云々ではなく王宮なら当然だろう。

それにしても…………。まさか、初めてのお出かけが王宮だとは思わなかった。

まぁ、この辺りの領主の城という可能性もあるけど、その辺は些細な違いだ。

少なくとも、この辺りの統治者の居城であることは間違いないだろう。

何か偉そうな人がたくさんいたし……。

感じから言って多分貴族とかだろう。

身なりも街の人たちとは全然違っていたし。

問題は、彼らのこちらに向ける視線だ。

あれはヤバかった。

私に向けたものか、それともお母様に向けたものかは分からなかったけど、うっかり紛れ込んできた余所者を排除しようとする視線。

外国でああいう雰囲気を感じたら、速攻でその場を立ち去らないとマジに命の危機だ。

お母様も不愉快そうな感じだったたし、うちって他の貴族と仲が悪いのかな？

まあ、王妃様は、正確には分からないけどもう王妃様で決定……で、最初は超怖そうだったけど、接してみたらいい人そうだった。

まぁ、最初に睨まれた時にはすごいプレッシャーを感じて、元日本人の習性で思わず頭下げちゃったけど、あの威圧感に1回慣れちゃえば、意外と感じのいい人だった。

お母様とも随分と親しげな様子だったし……。

あれが本当に王妃様だとすると、王妃様と親しげに話すお母様って、もしかして相当偉い？

私、マジでお嬢様っぽいね。

そういえば、なんか抹茶茶碗(まっちゃぢゃわん)っぽいのもらっていたけど、あれって〝抹茶茶碗〟かなぁ。

箱の感じとか王妃様のお茶碗の扱いとか、いかにも茶道っぽかったし……。

本当にこの世界にも茶道があったらラッキーだね。

共通の趣味っていうのはそれだけで強力なコミュニケーションツールになるからね。

私も長期滞在していた国で、現地の人に茶道を教えてるって日本人に会って、随分とよくしてもらったっけ。

茶道教室の生徒さんたちともすぐに仲良くなれたし、私がお茶名(ちゃめい)持ってるって言ったら、それだけで尊敬された。

茶道を習っている人は、それがちょっと習ったくらいで簡単には取れないって知っているから、ただ茶名持ってるってだけで、無条件にこちらを信用してくれていた。

せっかく異世界に転生したのに、今のところなんのチート能力も現れる気配がないしね。

せめてこれくらいのアドバンテージがないと、やってられないでしょ。

全く、せめて言語チートくらいは欲しかったね。

そうすれば、昨日の会話だって理解できただろうし……。

あの貴族たちの悪意のこもった視線の原因だって、分かったかもしれない。

言葉が分からないってだけで、難易度も危険度も跳ね上がるからね。

まあ、赤ちゃんからスタートの転生だから、言葉は自然に覚えろってことなんだろうけどって……ん？　あれ？

ちょっと待って！　私、勝手にしゃべれるようになるの？

よ～く考えたら、私の脳って既に大人のものだよね。

実際、今も日本語でものを考えているよね。

これって、脳の母国語を習得する部分が、既に日本語で固定されてしまっているということでは？

確かに小さな子供は親の転勤なんかで海外で暮らすと、いつの間にか勝手に現地の言葉をしゃべれるようになっていたりする。

でも、それは子供の話だ。

一緒についていった奥さんはいつまで経っても現地の言葉を覚えられず、現地の日本人コミユニティの中だけで生活するというのはよく聞く話。

そもそも、ただそこに住むだけで勝手に外国語が身につくなら、誰もわざわざ高いお金を出して語学留学なんてしない。

学校なんかに入らなくても、ただ現地で遊んで暮らしていればいいのだ。

実際にはそれでは覚えられないから、みんな勉強するのだ。

既に言語脳が固定されてしまっている大人は、ある程度文法や単語を習って、意図的に覚えようとする努力をしないと、ただ住んでいるだけではいつまで経っても外国語をしゃべれるようにはならない。

それは私も経験上よ〜く知っている……。

ヤバい！　ヤバい、ヤバい、ヤバい、ヤバい……ヤバい！

なんでそのうち勝手にしゃべれるようになるなんて、安易に考えていたかなぁ。

事実、もう1歳をとうに過ぎてるのに、全く言葉を理解できる気配がないじゃん！

これは、本気で生命(いのち)の危機だ。

いつまで経っても全く言葉が理解できないなんて、はっきり言って動物と同じだ。

そんな子供は、いつ捨てられてもおかしくない。

いや、貴族なら処分かも!?

そんな子供がいたら家の醜聞になるだろうし、下手に捨ててあとで発覚するよりも、スパッとやってしまった方が後々問題がない……。

よし、勉強しよう！

とにかく、できるだけ早くここの言葉をマスターするしかない。

今までは変に疑われないように、（本人は）子供らしい態度を心がけていた（つもりだ）けど、もう形振り構っている場合じゃない！

下手に怪しまれないように自重して、いつの間にか処分されたんじゃ洒落にならない。

さて、どうする？

参考書はない。

スマホも学習アプリも電子辞書も……。

どんな無理ゲーよ!!

あの運命の日から2年が過ぎた。

私ももう3歳だ。

このままではこちらの世界の言葉は永遠に理解できるようにはならないと気づいてしまった
あの日から、私の世界は一変した。
夢のぐうたら引きこもり生活は幕を閉じ、賽の河原でひたすら石を積み上げる地獄の日々が始まった。

あの日から、私の態度は豹変した。

大人しく手のかからない良い子のアメリアは死んだ。

とにかく、この世界の言葉を覚えなければならない。

私には形振り構っている余裕などないのだ。

両親であろうと使用人であろうと関係ない。

隙あらばまとわりつき、とにかく質問攻めにした。

といっても、いきなり日本語で話しかけるわけにもいかないので、発する言葉は「あぁ」とか、「うぅ」とかだ。

とにかく色々なものに興味を持った振りをして、指差したり叩いたりしながら「あぁ」、「うぅ」を連発する。

それに対して相手から出てきた言葉を瞬時に記憶し、分析し、そのものを指す単語を推測する。

推測した単語を使いながら相手の反応を確認し、推測に修正を加え、少しずつ単語の意味を絞り込んでいく。

動詞や形容詞にしても、基本は同じだ。

その単語が使われるであろう動作や状況を意図的に作り、それに対してかけられる言葉から単語の意味を絞り込んでいく。

そして、意味の判明した単語はひたすら反復し、記憶を維持する。

字も知らないから、メモも取れないのだ。

さすがに日本語でメモを取るわけにもいかないし、ペンやインクなど触らせてももらえないので、とにかくその場で暗記して絶えず忘れないよう思い出していくしかない。

暗記ものの定着度はどのくらい頻繁に思い出そうとしたかで決まるから、きついけど無意味というわけではない。

とにかく意味の判明した言葉は、忘れないように頻繁に記憶の確認作業を行う。

おはようからおやすみまで、寝ても覚めてもひたすらこの繰り返しだ。

ついに覚えた単語も1000語を超えた。

もう日常会話ならそこそこ理解できるレベルだ。

一々数えているのかって？

数えていますとも。

意味の判明した単語の数はしっかりと押さえておき、毎日忘れていないかの記憶の確認をする。

予め知っている単語の数をカウントしておけば、忘れていないかの確認の際、記憶から漏れている単語があっても気づくことができるからね。

例えば10個の単語を覚えたはずなのに9個しか思い出せないのであれば、1つ見落としていることにすぐに気づける。

忘れている単語があることに早いうちに気づければ、結構思い出すことはできるものだ。

これが、忘れてしまっていることにすら気がつかない場合、こぼれ落ちた単語は数日のうちに忘却の彼方だ。

メモがあるならともかく、それすらない状態での長期間の学習では、新たに覚えることよりも一旦覚えたことを忘れない努力の方が大切になる。

伊達に複数の外国語を勉強したわけではない。

家庭教師、塾講師時代には、生徒にもよくアドバイスしていたことだ。

とにかく、しっかりと覚えたか？　覚えたことを忘れていないか？　の確認は暗記の基本だ。

もう、徹底して行いましたとも。

学習を始めた最初の頃は、とにかく苦戦しまくった。

そもそも、周りの大人に相手の迷惑も省みずしつこくつきまとうことに、多大なストレスを感じた。

そうして散々つきまとったあげく、結局意味の判明した言葉が全くなくて、激しく落ち込んだりもした。

それでも、少しずついい感じにこちらの狙った単語を引き出せるようになってきて、『これ、何？』という魔法のフレーズを習得してからは、学習は一気に進んだ。

今では日常会話であれば、ほぼ問題なく理解できるレベルとなった。

まだまだ油断はできないが、いきなり処分の可能性はだいぶ回避できたんじゃないかと思う。

そして先日、私の語学学習に、『これ、何？』習得に続く第二の革命が起こった。

なんと、お母様から文字を教えてもらうことに成功したのだ！

以前にも何度か文字を教えてもらえるよう誘導しようと試みたのだが、その時はまだ言葉も片言で見た目も幼かったから（今でも幼いけど）、文字はまだ早いと相手にしてもらえなかったのだ。

その日も、私は相も変わらず侍女さんたちにつきまとって、会話の練習に励んでいた。

そんな私を視界の隅に置きながら、お母様は何やら手紙か書類のようなものを眺めている様子。

侍女のサマンサとの会話が一区切りついたところで、私は甘えた様子でゆっくりとお母様に近づく。

お母様の手の中にある紙を興味深げにじっと見つめ、

「これ、にゃに？」

必殺の魔法の呪文を唱えた。

「ん～？　アメリアは文字に興味あるのかな？　これは文字と言って、お話を忘れないように紙に書いておくものなのよ」

ええ、もちろん知っていますとも。

このアイテムを使えなかったことで、私のゲーム攻略は困難を極めたのだ。

「これ、にゃにってよみゅの？」

「これはねぇ……」

そんな問答がしばらく続いたあと、少し考えたお母様は、侍女の１人に言って紙と書くものを用意させた。

そうして始まるお母様の文字講座。

この国の文字はアルファベットと同じ表音文字。

つまり、単語の発音を文字で表したものだ。

文字数は25文字で表記方法はローマ字と同じ。

子音＋母音で1つの音を表す。

母音が6個と日本語よりも一音多いが、英語と比べれば全然少ない。

文字数も日本語みたいに何千字もあるわけではないし、発音の仕方も音の作り方もほぼローマ字だから、はっきり言ってしゃべれさえすれば文字の方は楽勝だ！

「じゃあ、これのよみゅかたは……」

「にゃら、ありがとお、こう？」

「あたしはアミエリアでしゅ、は……」

お母様の書いてくれた文字表を指差しながら、思いついた単語の綴りを確認していく。

一通り疑問に思ったところを確認した私は、宙に指を踊らせながら思いつく単語を綴り、文字の形を指に馴染ませる。

そんな私の様子を楽しそうに見ていたお母様は、また何やら侍女に指示を出した。

「アメリア、これを使いなさい」

手渡されたのは、ペンだ！

見た目は握(にぎ)りの部分を持ちやすい形にして、先端を少し尖(とが)らせただけの木の棒だ。

お母様やお父様が使っているようなカッコいい羽(はね)ペンではないけど、この世界で初めて使う筆記用具である。

今まではインクやペンは危ないからと決して触らせてくれなかったのだが、もう私も3歳だ。

やっと筆記用具も解禁ということだろうか。

「この先にちょっとだけインクをつけるのよ」

お母様の説明を聞きながら、私はペン先をゆっくりとインク壺(つぼ)に沈める。

そして、目の前に置かれた少し質の悪そうな紙に、インクが滲(にじ)まないよう慎重にペン先を落とした。

紙はでこぼこしてるし、ペン先の感触もボールペンや鉛筆(えんぴつ)とは全然違う。

それでも、使い慣れない筆ペンで名前を書くよりはいくらかましな気がする。

お茶会で、「ここにご記帳下さい」と習字の細筆(ほそふで)を渡されたりして脂汗(あぶらあせ)を流していたことを思えば、つけペンは字がべちゃっとならないだけ余程(よほど)安心できる。

線が震えないよう注意しながら、私はこの世界に来て初めて文字を、自分の名を綴った。

幼児の握力は弱くて、しっかりと意識してペン先を固定しないと、ペンの重さで線が歪んでしまうのだが、それでも久しぶりに文字を書くことがなんだかうれしくて、私は夢中になってお母様の書いてくれたこの国の文字を書き写していった。

「アメリア、こっちのペンを使いなさい」

ずっと私が文字を練習する姿を見ていたお母様が、おもむろにきれいな羽ペンを差し出した。

それは、お母様がよく使っている羽ペンだ。

握り部分は私の小さな手にも不思議とよく馴染み、文字通り羽のように軽いそのペンは、何も力を入れずとも自然に美しい線を描き出してくれた。

そのまましばらく私が文字を練習する姿を眺めていたお母様は、ソファーから立ち上がると私に言った。

「そのペン、アメリアにあげるわ。大事に使ってね。新しい紙が必要ならサマンサに言いなさい。遠慮なく使っていいからね」

いいのかなぁ……。こんな高級そうなペンもらっちゃって。

でも、高そうなだけあって、書き心地は最初に渡されたものとは比べものにならない。

何より、軽いのがありがたいね。

正直、この体ではペンのちょっとした重さの違いもかなり大きいのだ。

ここは、ありがたく使わせてもらうことにしよう。

あっ、そうだ！

部屋を出ていこうとするお母様に、私は慌てて声をかける。

「おかあしゃま、ペンありがとおです。え〜と、いっこおねがいです」

「アメリアからお願いなんて珍しいわね。何かしら？」

「もじをわかったから、ほんよみゅたいです」

「本ね、分かったわ。アメリアでも読めそうな本を何か見繕っておいてあげる」

そう言うと、今度こそお母様は私を残して部屋を出ていった。

よし、これでメモが取れる！

まずは、文字表を確認しながら、覚えている単語を全部書き出す。

文字は大した数ないし、知っている文字と似ているものも多いから、多分単語を書き出して
いるうちに勝手に覚えられる。

もう、既に半分くらいは覚えちゃったしね。

思えば、この2年間の苦行で私の記憶力は大幅に鍛えられたと思う。

元々幼児だから頭が柔らかいだけって可能性もあるけど。

地球にいた頃からこれだけ真剣に勉強していたら、私の人生も変わっていたかもしれない。

そんなことを考えながら、私は黙々と自分が今までに覚えた単語を紙に書き出していった。

＊＊＊＊＊

その日、私は夜も遅い時間になってようやく帰宅した。

「ふぅ、疲れた……」

思わずそんな言葉が口から出てしまう。

時間はもう既に深夜に近い。

この国の一般的な労働時間が日が沈むまでであることを考えると、はっきり言って働きすぎだ。

そもそも、まともに働いている貴族すら少数だというのに。

これも全て、私が我儘を言って王位を弟に押しつけ、平民のアリッサと無理矢理結婚したことが原因だから、決して文句を言えた義理ではないのだが……。

早々に着替えを済ませた私は、まっすぐに娘の部屋へと向かった。

まだ幼い娘は、当然この時間には眠っている。

起きている時には3歳児とは思えないほど大人びた表情を見せる娘も、眠っている時の顔は年相応で、思わず抱きついて頬擦りしたくなるほど可愛らしい。

もちろん、起きている時の様子もとても可愛らしいのだが。

最近、急速に言葉を覚え出した娘は、質問魔だ。

これは何？　あれは何？　と、周りの大人たちに訊きまくっている。

まるで何かに急き立てられるように、新しい知識を貪欲に求めるのは、やはり先生の孫ということだろうか？

そんな一生懸命な様子の娘もとても可愛いのだが、やはり幼い子供らしい無邪気な寝顔は、今の私にはなくてはならない極上の癒しだ。

たっぷりと娘の寝顔を堪能し、起こしたりしないよう細心の注意を払いながら、娘の柔らかい髪を撫でてあげる。

そうして仕事で失った活力をたっぷりと補充した私は、愛する妻の待つ私室へと向かった。


「今日のアメリアはどうだった？」

やはり、最近は夫婦の会話もアメリアが話題の中心だ。

直接娘の成長を見られないのは残念だが、毎日アリッサの口から語られる娘のエピソードも、最近の私の楽しみの1つだ。

「今日は字を教えたわよ」

「ん？」

なんでもないことのようにアリッサは言ったが、娘はこの前３歳になったばかりだ。

さすがに少し早すぎないだろうか。

「だってあの子、前から字を教えてほしそうにしていたしね。最近は会話もだいぶしっかりしてきたから、もう大丈夫かなって」

「で、実際に教えてみてどうだったんだ？　少しは理解できたのか？」

私が娘の様子を尋ねると、アリッサは表情を少し真剣なものに変えた。

それを見て、私も真面目に話を聞こうと姿勢を正す。

「少しも何も、あの子、完璧に文字というものを理解していたわ。文字の規則もあっという間に覚えちゃって……。あの子、もう自分の名前も私やあなたの名前も普通に書けるわよ」

娘のあまりに規格外な優秀さに、喜ぶよりも先に得体の知れない薄ら寒さを感じてしまう。

「私が文字を教えた直後でそんなだったからね。あのあともずっと文字の練習していたみたいだし、多分もう、自分が知っている言葉なら自由に読み書きできるようになってるんじゃないかしら。サマンサが、アメリアの書き出したすごい数の単語のスペルチェックをさせられたって愚痴ってたしね」

「なっ、いくらなんでもそれは……」

思わず否定してみるものの、恐らくそれは事実なのだろう。

アリッサは娘を猫可愛がりしているが、それでいて評価は冷静だ。

能力がないのに能力があるとは決して言わない。

ただ、能力のあるないに関係なく娘を可愛がっているだけだ。

アリッサができると言うのなら、本当にできるのだろう。

「それに字がねぇ……。上手（じょうず）なのよ」

何やら考え込むように言うアリッサ。

下手よりは上手い方がいいに決まっている。

何か問題でもあるのだろうか？

よく分かっていない様子の私に、自分が昼間見た光景を嚙（か）んで含めるようにアリッサは説明した。

初めてペンを使ったにもかかわらず、何も教えられずとも正しい持ち方でペンを持ち、力任せに線を引くのではなく、ペン先を潰さない程度の軽い自然な筆圧（ひつあつ）で正確に線を引き、お手本通りに字を真似（まね）ていく。

そのどれを取っても、初めてペンを扱う子供にできることではない。

まして、アメリアはまだたったの3歳なのだ。

優秀とかという問題ではなく、はっきり言って異常である。

「途中から私の羽ペンを使わせたけど、問題なく使っていたわよ。小さな子に柔らかな羽ペンなんて使わせたら、普通はすぐに壊しちゃうんだけどね。あの子、初めからペンの扱いや文字を書くことを知っていたわ。それが生まれつきのものなのか、あの子供とは思えない観察眼のせいなのかは分からないけど……。あの才能は異常よ。このまま放置しておいてもいいのかと心配になるくらいにね」

アリッサはそう言うと、私の目をじっと見つめて黙り込んだ。

確かに、アメリアの才能は優秀を通り越して異常だ。

あの才能が今後どのような方向に向かっていくのか、私にも全く想像がつかない。

今は屋敷から出ることはないので何も問題はない。

だが、これからもずっと屋敷に引きこもらせておくわけにはいかない。

これから先、外に出るようになったアメリアを、我が家に対して好意的ではない貴族どもはどう見る？

貴族には全く相応しくない魔力量。

平民の母を持つ子供。

それだけなら単なる侮蔑の対象で、奴らも目障りだとは思ってもわざわざ排斥しようとまでは考えないだろう。

別に自分たちに実害があるわけではないのだから、敢えて私を敵に回してまですることではない。

だが、あの才能を目の前で見せつけられたらどうだ？

優秀とか役に立つとかそういうレベルではなく、もはや自分たちでは理解不能な圧倒的な才能。

しかもその才能は、自分たちが絶対の価値を置く魔力についてのものではなく、もっと別の何かなのだ。

人は自分の理解できないものに本能的な恐怖を抱く。

そしてそれは、例の公爵家の人間だ。

アメリアに対する悪感情はそれを産み出した公爵家に、そして公爵家を容認している王家にも向くかもしれない。

ようやく収まってきた王家への批判が、また再燃する可能性もある。

アリッサも気づいているのだろう。

アメリアの問題が、我が家の中だけの問題では済まなくなる可能性に……。

「何も心配する必要などない。周囲が何かとうるさくなるのは、アリッサと結婚した時にもアメリアが産まれた時にも覚悟したことだ。今更、自分の娘が他より優秀すぎて悪目立ちするぐらいで、一々動揺したりはしないさ。親として娘の才能を神に感謝こそすれ、それを疎ましく思ったりなんてしないよ」

私の答えを黙って聞いていたアリッサは、うれしそうに表情を緩め、

「うん。合格」

と宣った。

「これでもし国のためにとか言って、娘を処分だとか幽閉だとか言い出したら、私、速攻娘を連れてこの国を出るつもりだったから」

危なかった!!

まさに家庭崩壊の岐路に立たされていたらしい。

アリッサは本気でやる。

この嫁はそういう人間だ。

家とか国とか生活の安定とか、そういったものに執着しないのだ。

この国が自分や娘にとって相応しくないと判断すれば、あっさりとこの国を見限るだろう。

私を含めて……。

なんとか家庭崩壊の危機を回避した私は、アリッサと今後の娘の教育方針について話し合った。

娘の才能はとことん伸ばす。

出る杭は打たれるが、出すぎた杭は打たれない。

中途半端にその才能を抑えて周囲から隠すよりも、目一杯伸ばして周囲の感覚を狂わせてしまう方が得策だ。

人は他者との些細な違いには目くじらを立てるが、大きな違いには意外と寛容なものだ。

娘は恐らく魔力が少ない。

どちらにしても、このまま普通の貴族として当たり前にやっていくのは難しいだろう。

であるなら、せっかく神から与えられた才能を目一杯伸ばし、魔力がなくとも1人でやっていけるよう育ててやるのが親の義務であろう。

その夜、そんなことを妻と話し合った。

＊＊＊＊

お母様から初めて文字を教えてもらった翌日。

昨日のうちに覚えている単語を書き出して、綴りの間違いをチェックしてもらった紙を確認しながら考える。

昨日はちょっとやりすぎた。

さすがに初めて文字を習った3歳児がすらすらと文字を綴るのは不自然だし、書き出した大量の単語を見たサマンサもぎょっとしていた。

昨日はやっと念願の文字を教えてもらえたことがうれしくて、つい後先考えずに調子に乗ってしまった。

多分、変に思われたよねぇ……。

まあ、やってしまったものは仕方がない。

案外この世界の貴族は皆教育に厳しくて、3歳児くらいでも読み書きができる子は多いかもしれない。

異世界ファンタジーなんかに出てくる子供って、その年齢でそんなにしっかりしているなんてあり得ないってくらいにしっかりしているしね。

……いきなり処分とか言われたらどうしよう。

午前中の間、サマンサに添削(てんさく)してもらった単語の復習作業を行いながら、そんなことを悩んでいた私の心配は、午後には全くの杞憂であったと判明した。

午前中は何かと忙しくしているお母様も侍女の人たちも、午後にはだいぶ落ち着いてくる。

そのタイミングを見計らって、いつも午後の時間は会話の練習に当てるようにしているのだ。

誰か手の空いていそうな大人はいないかと考えていると、普段はあまり見かけない男性の使用人複数を伴ってサマンサが部屋に入ってきた。

男性使用人の人たちは、全員大きな荷物を抱えている。

そして、それらの荷物はサマンサの指示で私の部屋の一角に次々に設置されていった。

小さな机に椅子、本棚。

机と椅子は恐らく私用に誂えられたもので、もう子供用というよりはほとんどミニチュアだ。

机は多分私にも手が届くようにだろう、奥行きは狭めで、代わりに横幅はかなり広めに取られている。

意匠も凝っていて、非常に使いやすそうでいて部屋の雰囲気にも違和感なく溶け込んでいる。

そして、その机の端には真新しい紙の束と、昨日お母様からもらった羽ペンとインク壺が置かれた。

本棚は一段のみで横に長い、よく日本で見かけた幅が狭くて縦に長いカラーボックスを横に設置したような感じだ。

これも、私でも本を取り出せるようにと配慮された作りなんだろうね。

もちろん作りはカラーボックスなんてものではなくて、細かな彫刻の施(ほどこ)されたしっかりとしたものだ。

そして、本棚に収められているのは、本！

昨日お母様におねだりした時には、1冊2冊私にも読めそうな本を貸してもらえないかなぁ程度の、軽いお願いのつもりだったのだけど……。

本棚には既にかなりの数の本が並べられている。

どんな本かはまだ分からないが、全体に薄い本がほとんどなので、いや純粋に厚さがね、多分、子供向けに書かれた本なのだろう。

一通り机や本棚の設置が終わると男性使用人の人たちは戻っていき、あとにはサマンサだけが残った。

私が目を丸くして突如設置された机や本棚を見つめていると、サマンサが声をかけてきた。

「お嬢様、文字を覚えられたご褒美(ほうび)にと、奥様と旦那様からですよ。あとで、ちゃんとお礼を言っておいて下さいね」

ご褒美って……。

羽ペンもらっただけでも超恐縮なのに、ご褒美がこれって……。

う～ん、お金持ちの貴族的にはこれくらいが常識なのかなぁ……。

とりあえず、文字をあっさりマスターしたことについては不審には思われていないみたいで、そこのところは一安心だ。

「これ、じゅうにつかういいの？」

「ええ、全てアメリアお嬢様のものですから、どうぞご自由にお使い下さい」

サマンサの許可がもらえたところで、私は早速本棚に突進する。

まずはどんな本があるのかのチェックだ。

本は大雑把に３つのレベルに分けられた。

まず、子供の読み聞かせ用と思われる幼児向けの絵本のようなもの。

地球にある絵本のようにカラフルでも絵が多いわけでもないけど、全体に字が大きく、物語風の挿し絵もそれなりにある感じだ。

次に児童文学風のもの。

先程の絵本ほど字も大きくなく、挿し絵も少ない。

それでもぎっしりと字が詰まっている感じではなくて、ところどころ挿し絵も見られるので、恐らく絵本を卒業した子供が次に読むのがこのレベルの本なのだろう。

最後に、字も細かく内容も物語といった感じには見えない難しそうなもの。

挟まれる絵も物語の挿し絵というより、何かの説明のためのイラストといった感じ。

これって、もしかしてこの世界の子供が使う教科書的なものじゃないかな。

そういえば、1冊だけ難しそうなのにところどころ妙に行間が広く取られていて、昨日習った文字とは違う知らない記号の羅列（られつ）が挟まれている本があったね。

あれって、もしかして算数の教科書かも。

そういえば、まだ数字の書き方は習っていなかったね。

あとでお母様に訊いてみよう。

一通り本棚のチェックを終えた私は、本棚から一番初心者用と思われる絵本を取り出すと、私用に用意された小さな机に向かった。

机の上に本を開くと、私はそこに書かれた文字を追い始める。

やはり書き言葉と日常会話で使われる言葉では、使用される機会が違うのか、知らない単語がかなりあった。

私は机の端に置かれた紙と羽ペンを取ると、それらの単語を紙に書き出していった。

意味の分からない単語はあとで誰かに確認だね。

＊＊＊＊＊

黙々と学習を続けるその姿はとても3歳児のものではなく、その姿を少し離れたところで眺める侍女たちの目には、幼児というよりはむしろ、大人の妖精が何か作業をしているように見えた。

だが、元々主人(あるじ)夫妻と使用人との距離感が一般の貴族の家と比べてかなり近く、生まれた時から世話をしているアメリアを、この家の侍女たちは自分の子供か妹のように感じていた。

そのため、この可愛い子供、妹の、主人(あるじ)夫妻公認の奇妙な振る舞いは、侍女たちの誰にも気味悪がられるようなことはなかったのであった。

4章　アメリア、この世界を知る

この世界の文字を覚えて以来、私の異世界学習は絶好調だ。

初め幼児向け絵本の多読、精読から始めた私の学習は、既に幼児向け絵本を卒業し児童文学？すら問題なく読めるレベルに達している。

最近は、さらに難易度の高い子供向け教科書にまで手をつけ始めている状況だ。

ちなみに、本棚にあったのは日本にあった娯楽小説的な児童文学ではなく、この世界の神々や精霊について書かれた神話や、この世界の成り立ちや過去におきた事件などについて分かりやすく書かれた歴史書っぽいものだったけどね。

ただ、そういった話を読む中で、大変な事実が発覚した。

なんと、この世界には魔法が存在するのだ！

〝かつて、地上にいた神々が今の人類に魔法の言葉を授けた〟とか、〝神々の言葉で語りかけることで精霊が人の思いに応えてくれる〟とか、最初は完全にファンタジー小説を読む感覚だったんだけどね。

いつものように分からない言葉を確認するついでに、子供らしく本当に魔法があるのかと訊いてみたら、当然のようにイエスという答えをいただいた。

この世界の技術力って結構高度だよねと考えていた大半のものは、実は魔法の力によって作られていたらしい。

道理で明らかにオーダーメイドの特注品であろう机や椅子が、注文して丸1日とかからず屋敷に届けられるはずだ。

私が使っている机も椅子も、ついでに紙なんかも、全て魔法で加工されたものなんだって。

この世界の神話によると、まず光と闇(やみ)の最高神がいて、その下に火水金木土の五柱(ごちゅう)の大神(おおかみ)(五行説?)、さらにその下に様々なものを司る神々が存在するらしい。

よくありがちな神話体系で、読んでいる時はそれほど真面目に受け取ってはいなかったんだけどね。

どうもこの五柱の大神が授けた魔法が、この世界の文明を支える基本魔法らしいんだよね。

火魔法、水魔法はそのまま火や水を生み出す魔法らしいけど、変わっているのが残りの3つ。

金魔法、木魔法っていうのはどうも金属や木材をイメージ通りに加工する魔法らしい。

私の机や椅子は、この魔法を使って作られたっぽい。

最後に土魔法。これは地中から自分が望む地下資源を掘り出す魔法らしい。

これら5つの基本魔法以外にも様々な魔法があって、この世界の文明はそれらの魔法によって支えられているらしいのだ。

私がずっと電気だと思っていたこの部屋の明かりも、実は光魔法を使った魔道具なんだって。

魔道具っていうのは、魔石に籠められた魔力によって予め決められた現象を起こす道具で、魔石はその充電池に当たるらしい。

で、その魔石が採れるのが、世界中で私の住むモーシェブニ魔法王国だけらしいのよね。

国民も貴族をはじめとして魔力の高い人が多くて、だからこの国は魔石に魔力を籠めて、それを他国に売って生計を立てているとのこと。

だから、ぶっちゃけ大して働かなくても結構なんとかなってしまうらしいのだ。

なに、その某石油産出国的状況！　って感じだ。

そんなわけで、この国は基本魔力至上主義らしい。

魔力が高いほど良い職にも就けるし、収入も上がる。

貴族が偉いっていうのも別に先祖の功績とかではなくて、魔力の高い子供が生まれる血筋だからってことらしい。

そういえば、最近知ったんだけど、私のお父様って今の国王の兄らしいんだよね。

知った時には、『え、私って国王陛下の姪？』って、びびりまくったんだけど。

道理で以前王宮に行った時、お母様が王妃様と親しげに話していたわけだ。

お母様と王妃様って、義理の姉妹ってことだものね。

それなのに、何故他の貴族にあんなに睨まれていたのかは不明だけど……。

その辺の事情はどうも訊いてはいけない気がして、まだよく分からないんだけどね。

とにかく、私には実は王家の血が流れているらしいってこと。

王族。この国で最も魔力の高い血筋ということだ。

これはいよいよ諦めていた転生チート能力の発現だろうか。

お祖父様は大賢者と呼ばれているらしいし、これは前世知識と強大な魔力を駆使しての異世界無双というパターンかな。

この国の子供は3歳になると神殿で魔力量を測り、5歳になると魔法を覚えられるらしいから、私もそろそろ神殿に魔力を測りに行くのではないかと思うんだよね。

期待しすぎるのも変なフラグが立っちゃうから困るけど、今回は条件的にいいカードが揃っていると思う。

大賢者の孫で王家の血筋、そして転生者。

これは、ちょっといけるのではないだろうか。

まあ、妄想はこれくらいにして、私の国はそんな感じ。

で、この国以外にもこの世界には3つの国がある。

この大陸の西にあるのが、今私がいるモーシェブニ魔法王国。

それで、大陸の中央北側にあるのがソルン帝国で、南側にあるのがビャバール商業連邦。

そして、大陸の東側にあるのが倭国だ。

この辺は本当にお約束な感じなのに、なんで私のスペックに関してだけ期待を裏切るかなぁ。

とにかく、この4カ国が今いる大陸には存在していて、大陸の周りは海に囲まれていてその先は不明。

つまり、実質、今いる大陸、今ある4つの国がこの世界の全てということ。

大陸のちょうど反対側にある倭国まで数カ月はかかるってことだから、この大陸の広さって大体オーストラリアくらいの大きさなんじゃないかな。

私の感覚だと何か小さい感じもするけど、飛行機も列車も自動車もないことを考えると、十分に広いのかも。

元旅人の私としては、いつか残り3つの国にも行ってみたいところだけど、それは大人になってからのお楽しみということで。

今はこの世界のことをもっと知ることが先決だ。


文字を手に入れた日から私の学習は順調に進み、既に1年近くが過ぎた。

私も来月には4歳になる。

本棚の本も順調に読み終わり、もう知らない単語もほとんどなくなった。

最近はもっぱら教科書を読み込みつつ、この世界について学んでいる。

ちなみに、私の本棚の本は、いつの間にか最初の頃の3倍ほどの量に増えていた。

お父様は頻繁に新しい本をプレゼントしてくれるし、それ以外にも勉強を進めていく中で疑問にぶつかり、『ここのところもう少し詳(くわ)しく知りたいな』などと考えていると、いつの間にやらそれ系の本が増えていたりするのだ。

多分、私がお母様やお父様に質問した内容を考慮し、必要と思われる本が買い足されているのだろう。

必要な資料がすぐに手に入るのは正直非常に助かっている。

この前お母様に確認したところ、今私が読み込んでいる教科書は、貴族や優秀な平民が通うことになるこの国唯一(ゆいいつ)の学校、モーシェブニ魔法学院、通称〝学院〟入学前の子供が勉強に使うものとのこと。

算数は年相応というか、日本の小学1、2年生程度のものだったが、歴史や地理に関しては小学校入学前の子供が習うには少し難しい感じがした。

ちなみに、理科に該当(がいとう)する教科は一切なくて、代わりに魔法学という教科があるらしい。

こちらはまだ私には早いということで、学ばせてもらえなかった。非常に残念だ。

あと、外国語についてだけど、驚いたことにこの世界の言語は、あと貨幣も、世界共通とのことで、〝外国語〟という学問は存在しないらしい。

道理で私が単語リストを作って必死に言葉を覚えようとしているのを、皆が不思議なものを見る目で見ていたはずだ。

この世界の人たちは、基本的に〝言語を学ぶ〟という発想がないのだ。

日本人が日本語の単語帳を作ったりしないのと同じだ。

〝言葉など使っていれば自然に身につくもの〟というのが、この世界の常識らしい。

実際、この世界の言葉はそれほど複雑な構造ではないので、一々文法など考えなくてもある程度の文は自然に作れる。

つまり、私の苦労など誰も理解してはくれないということだ。

その代わりに、１つ厄介な教科があった。

〝礼儀作法〟だ。

これだけは日本の高等教育を受けてきた私の目から見てもかなり厄介で、これを就学前の児童に覚えさせるなど、さすがは貴族と感心してしまった。

逆に言えば厄介な教科はそれだけで、残りの教科は所詮子供向けの教科書だ。

言葉の問題をクリアした（中身だけ）大人の私の敵ではない。

この半年ほどの期間で、ほぼ完璧に身につけてしまった。

〝学院〟への入学が何歳かは知らないけど、もう今の時点で当初の懸念事項だった処分は完全になくなったと考えて差し支えないだろう。

そういった処分の問題を抜きにしても勉強は嫌いではないし、最近読み始めた学院のテキストもなかなか興味深いので、もちろん勉強は続けるつもりだ。

でも、そろそろ少しペースを落として、異世界生活をもっと楽しんでもいいかもしれない。

最近はそんなことを考える余裕も出てきたりするのだ。


そんなある日、「来週の火の日に、アメリアの魔力を測りに神殿に行くから」と、お父様に言われた。

やった、いよいよか！

私も来月には4歳になるし、魔力測定の件はどうなったのかと少し心配はしていたのだ。

勉強の方もなんとか一段落ついたし、いよいよ私のターンか？


と、そんなこんなで、ついに待ちに待った魔力測定の日がやってきた。

今日はお母様だけでなく、お父様も一緒にお出かけだ。

両親揃っての外出など初めてのことで、そういう意味でも期待が高まってしまう。

神殿は王都の外れの小高い丘の上にあった。

外れといっても王都から完全に離れたところではなく、逆に神殿から一定の距離を取って神殿の周りに街を作ったという感じだ。

神殿の周りに街を作る。街の隣に王宮が作られ、王宮の周りには新たに街が広がる。

恐らくこの王都は、そうして大きくなっていったのではないかと思う。

私が住む公爵邸も街外れにあるけど、きっと１００年後には公爵邸の周りにも家が立ち並ぶのだろう。

まあ、元々住んでいる住民を無理矢理退かしてお屋敷を建てるよりは平和でいいけど、街並みに統一感がなくて使い勝手が悪くなっちゃうのは仕方ないんだろうね。

そんなことを考えているうちに、私を乗せた馬車は神殿へと到着する。

神殿はそれほど大きくはない白い石造りの建物で、ギリシャや中近東で見かけた神殿と大体似たような感じだ。

ただ、荒れ果てた遺跡というのではなく、今でも人が住み管理されているのはすぐに見て分かった。

神殿の側には小さな畑もあって、神官らしき数人の人が農作業をしているのが遠くに見える。

馬車から降りた私は、お父様に手を引かれながらゆっくりとした足取りで神殿の中に入っていく。

建物に入ってすぐの部屋は学校の教室くらいの広さで、奥の祭壇（さいだん）のようになっている場所には参拝者なのか、数人の人だかりができていた。

「あそこには、呪文の書かれた石板があるの。石板に書かれた神々の御言葉を聞きに来ているのよ」

私がなんだろうと人だかりの方を眺めていると、そうお母様が教えてくれた。

私がお母様と話している間に、私から離れたお父様は近くにいた神官の元に向かい、来訪の用向きを伝える。

一旦奥に戻っていった神官はしばらくすると戻ってきて、私たちを神殿の奥にある小さな部屋へと案内してくれた。

その部屋には小さな祭壇があり、祭壇の上には大きいものから順番に４つの丸い玉が祀られている。

左の一番大きな玉がサッカーボールくらいの大きさで、右の一番小さな玉が野球ボールくらい。色は半透明で、水晶か何かのような感じだった。

あれで魔力を測るのかなぁ？

そんなことを考えていると、立派な神官服を着た優しそうな顔のお爺さんが部屋に入ってきた。

「ディビッド公爵様、よくおいで下さいました」

「うむ。神官長、今日は娘のアメリアの魔力測定をお願いしたいのだが」

「承知致しました。魔力測定の儀、執り行わせていただきますじゃ」

そう言うと、神官長と呼ばれたお爺さんはゆっくりと私に近づき、優しく私の手を握ると祭壇の側まで私を連れていってくれた。

一番左の大きな玉の前に立たされた私に、神官長は心を落ち着けて目の前の大きな玉に触れるように言う。

少しドキドキしながら掌を玉に触れさせると、ひんやりと冷たい感触が伝わってくる。

そのままどうしていいか分からずにいると、神官長は真剣な表情でしばらく玉を見つめ続け、ややあって玉から視線を外すと、私にもう手を離して構わないと優しく言ってくれた。

そんなことを順番に、各々の玉の前に立って繰り返す。

そして、最後。

一番右端の小さな玉に触れた瞬間、それは起こった！

私が触れた瞬間、半透明の玉が突然虹色に輝き出す。

強い光を放つ玉の様子をしばらく観察していた神官長は、おもむろに頷くと儀式の終了を宣言した。

その後、何やら書かれた紙を手渡されたお父様はざっとそれを確認し、代わりに多分お金の入った袋を神官長に手渡して退室の挨拶をした。

結果は分からないけど、とりあえずこれで魔力測定は終わったらしい。

ちょっと気が抜けた私は、改めて神殿を見渡す。

神殿の中には呪文の書かれた例の石板以外にも、初めて見る文字で書かれた文章らしきものが散見していて、私の好奇心を刺激しまくった。

呪文の石板は5歳になるまでダメらしいけど、あの壁の文字はいいのでは？

ちょっと見ていってもいいだろうかと仰ぎ見たお父様の顔はとても厳しいもので、これは何かヤバいと咄嗟に空気を読んだ私は、手を引かれるまま黙って神殿をあとにした。

帰りの馬車の中でも、お父様はずっとピリピリしていた。

特に不機嫌というわけでもないけど、お母様や私が話しかけても上の空で、これは放っておいた方がいいだろうと、私は黙って王都の街並みを眺め続けた。

屋敷に到着早々自分の書斎に向かおうとするお父様に、私は意を決して今日の魔力測定の結果を訊いた。

「おとうしゃま、あたしのまりょくしょくていのけっかはどうだったでしょうか？」

いや〜、この一言を切り出すの、メチャクチャ緊張した。

お父様は私の魔力測定からずっとピリピリしているし……。

これって、私のせいだよねぇ？

何か魔力測定の結果に問題があった？

不安そうに尋ねた私をじっと見つめたお父様は、私をなんとか安心させようと無理矢理表情を和らげると、

「結果は夕食のあとにでもゆっくり話そう。今後のことも話さないといけないからね」

そう言って、自分の書斎に入っていってしまった。


そうして迎えた夕食後の話し合い。

初めてお父様の書斎に連れていかれた私は、部屋の応接セットに両親と対面する形で座らされた。

何これ、滅茶苦茶怖いんですけど！

3歳児に圧迫面接ですか？

緊張しまくる私にお母様は軽く微笑むと、

「いつまでもそんな怖い顔をしていると、アメリアに『お父様、嫌い！』って言われるわよ」

そうお父様に言い放った。

「なっ！」

思いっきり動揺しまくるお父様。

そんなお父様の様子を見て、私の緊張も少し和らいだ。

どうやら、嫌われたとか愛想を尽かされたとかではなさそうだ。

なら、いい。

あとは、冷静に問題に対処するだけだ。

私は改めて姿勢を正すと、両親の言葉を待った。

それから聞かされた魔力測定の結果や、今の私の置かれた状況は最悪だった。

チート？　なんですか、それ？

まず魔力測定の結果。

魔力量10で全属性。

魔力量というのは、そのまま魔力の量を表す数字なんだけど……。

この魔力量というものについて、それがこの国、この世界でどういう意味を持つのか、私はお父様から詳しい説明を受けた。
まず、貴族について。
国によって多少の違いはあるみたいだけど、私の住むモーシェブニ魔法王国だと大体こんな感じらしい。
侯爵：魔力量３０００以上
伯爵：魔力量２０００以上
子爵：魔力量１５００以上
男爵：魔力量１０００以上
これが貴族と認められる最低基準だ。
ただ、これは一代限りの話ではなくて、親子孫と直系血族三代の平均が基準をクリアした場合にのみ、貴族の称号を得ることができるとのこと。
つまり、簡単に言ってしまうと、魔力量の多い子孫を残せる家系が貴族ってことだね。
ちなみに、貴族は有事の際には国と民を守る義務があり、そのために様々な特権が与えられているというのが国の考えだ。
貴族には納税の義務がないのも、有事の際に魔力が空（から）ではその義務が果たせないからというのが、一応の理由なんだって。

故に、強力な魔法を使えない魔力の低い者は、貴族たる資格がないということらしい。
で、次に平民の場合。
こちらも個々の持つ魔力量によってほぼ就ける職業が決まっているらしい。
おおよその魔力量と職業との関係は以下の通り。
騎士（一代貴族）：魔力量１０００以上
兵士、冒険者：魔力量５００以上
商人、職人：魔力量１００〜５００程度
庶民（しょみん）：魔力量10〜99
平民については、騎士を除き、魔力量による資格制限のようなものがあるわけではないらしい。
ただ、その職業でまともにやっていこうとすれば、このくらいの魔力は必要だと言われているそうだ。
まず騎士や兵士、冒険者などの所謂戦闘職。これは単純に強力な攻撃魔法が使えないと話にならないから。
次に職人。これはものを加工したりするのに魔力を使うため、魔力が少ないと仕事にならないから。
大きなものほど加工にもたくさんの魔力が必要なため、例えば家などの建築物を作ろうと思えば、大量の魔力が必要になってくる。

では、魔力は多いほど良いのかというと、職人の場合にはそこは少し事情が複雑らしい。

魔力は多いほど細かな操作が難しくなる。

そのため、家などを建てる魔力量の多い職人には、細かな細工物などは作れない。

大きな樽(たる)ではコップに水を注げないのと同じ理屈だ。

故に職人についてはとにかく魔力が多ければ優秀という価値観は当てはまらないのだが、それでも細かな細工物を作る職人よりも、大きな建物を作る職人の方が格は上という風潮はあるそうだ。

では、商人は?

商人の仕事には魔力は関係ないのではと思ったのだけど、実はそうでもないらしい。

市場の屋台などの小さな店であれば、もちろん魔力など関係ない。

でも、しっかりとした店を構えて大きな商売をしようとすると、少なくともこの国では一定以上の魔力がないと話にならないそうだ。

大きな商売をしようとすると、当然その取引先は貴族や平民の富裕層だ。

そして、そういう人間はみな魔力が高く、魔力量で人を判断する者がほとんどだ。

つまり、魔力の低い商人など最初から相手にはしてもらえないってこと。

だから、魔力の低い商人は大成しないというのが、この国の常識なんだって。

で、最後に庶民。

これはもちろん特定の職業ではなく、要はその他の雑用仕事で生計を立てている低所得者層のこと。

魔力を必要とする職業には当然就けず、特に技術を必要としない下働きが主な仕事だ。

そして、一番仕事がきついのが、やはりこの階級らしい。

この低所得者層のことは、侮蔑の意味を込めて〝二桁(ふたけた)〟と呼んだりもするらしい……。

以上が、この国の階級。

平民の間では個々の職業や魔力量での明確な身分差や差別はないらしいけど、それでも社会的な信用度という意味では、魔力のあるなしが大きな判断基準にはなるらしい。

ちなみに、この国の階級？　職業分布？　魔力分布？　は以下の通り。

貴族が1割、兵士などの魔力量500を超える者が3割、職人や商人などの中堅層が4割で、庶民が2割。

これが他国だと、庶民、中堅層で8割以上を占めるらしく、この国の人間の魔力がいかに多いかがよく分かる。

そのせいか、余計にこの国の人間は、魔力の低い人間を見下す傾向が強いそうだ。

魔力によって職業が分かれるのは理解できる。

でも、全ての能力を魔力量だけで判断するのはおかしいし、現実的にも問題では？

そう思った私に、お父様はこの世界の貨幣制度と、この国の社会制度について説明してくれた。

まず、前提としてあるのが、この世界における魔力の金銭的な価値、というか、貨幣価値の裏付け。

世界共通の固定相場で、鉄貨1枚＝1ＭＰ（魔力量の単位）というのが、この世界における貨幣価値らしい。

ちなみに、鉄貨10枚で銅貨1枚、銅貨10枚で銀貨1枚、銀貨10枚で金貨1枚とのこと。

日本の感覚だと、鉄貨1枚が大体１００円くらいの価値らしい。

これはどういうことか？

この世界の魔力は、お金と同等の価値があるということだ。

そして、魔力というのはいくら使っても一晩寝れば大体元に戻るらしい。

ということは、ただ寝ているだけでお金が手に入る!?

何、その金のガチョウ状態は！

これだと、誰も働かないよね。

そこで、この国では個々の魔力分の金額を、一旦税金として回収しているのだ。

つまり、魔力量が１０００なら１日当たりの税額が金貨１枚、魔力量が５００なら税額が銀貨５枚というわけ。

仕事で魔力を使う者についてはその分は控除されたりとかの微調整はあるらしいけど、基本的には魔力は税金として全回収ということらしい。

ちなみに、徴収された税金は、その５割が直接その地を治める代官へ、４割が領主に、残り１割が国に納められる。

では、魔力など多くても少なくても一緒ではないか？

それがそうでもないのだ。

この国には、雇用に対して最低賃金が決められていて、それがその者の持つ魔力の半分なんだって。

つまり、魔力量４００なら最低賃金は日給で銀貨２枚、２万円相当ということになる。

当然能力に応じてそれ以上の給料をもらう者もいるが、逆に言うと能力があってもなくても最低２万円はもらえるということだ。

もちろん、そうなると高い魔力の者は迂闊に雇えないということになるのだけど、一般的に魔力の高い者は代官や領主、国が雇うことになるので問題ないらしい。

で、ここで問題になるのが、所謂庶民と呼ばれる人たちだ。

魔力量が１００なら日給５０００円。

これならなんとか生活できる。

では、魔力量10なら？

日給５００円ではどう頑張っても生活できない。

だから、なんとか頑張って給料を上げてもらうしかない。

でも、国が定めた最低賃金は５００円だから、雇用者はそれ以上出す必要はない。

魔力の低い者はどうしても雇い主に足元を見られることになるので、仕事は自然ときついものになるのだ。

そんな話を、今日の魔力測定の結果と共に聞かされた。

魔力量10、完璧な低所得者層、完全無欠の〝二桁〟だ。

ちなみに、もう1つの結果である〝全属性〟というのは、特に魔力に癖や偏りがないから抜きん出たものはないけど、どの魔法も満遍なく使えるよという意味で、得意科目も不得意科目も特になく平均してますね、ということらしい。

なんの慰めにもならない！

お父様が深刻そうな顔をするわけだ。

これって、貴族としては致命的だよね。

ちなみに、魔力量の多少は髪や瞳の色の濃さに表れるそうで、私の魔力が低いだろうということは、魔力測定をする前から周囲は皆察していたそうだ。

さすがに魔力量10というのは想定外だったらしいけどね……。

ほんと、よく今まで処分されなかったよね。

言葉がしゃべれなかったら処分されるのではとか、心配していたけど。

全然そんな心配はいらなかった。

そもそも、生まれた瞬間に処分されても全く不思議ではなかったのだ。

それが処分されることもなく今まで育てられてきたのは、この家の特殊な事情もあったのだろう。

せっかくの機会だからと、前から気になっていたお母様のことや、周囲の貴族の反応についても訊いてみた。

お母様が実は元平民であることや、どのような経緯で王族であるお父様と結婚したか。

それに対して周りの貴族がどう見ているのか。

事情を聞いて納得した。

昔、王宮に行った時に感じたとてつもない悪意の視線の理由。

公爵家だからとか国王陛下の姪だからとか安心していたけど、これって単なる厄介事の種にしかならないかも。

お父様とお母様の結婚した経緯や私の魔力の低さを考えると、今の身分や立場って攻撃材料にしかならない気がする。

いくらお母様が元平民で、貴族の魔力至上主義の価値観に染まっていなかったからって、よ く処分されなかったよね。

普通の貴族の家に生まれてたら速攻処分でしょ。

両親に自分がいかに愛されているのかを改めて感じると同時に、現実的に今の状況がどれだけ危険なのかも実感する。

ものには限度がある。

いくら両親が庇ってくれようとも、周囲の状況がそれを許さなくなる可能性もあるのだ。

さて、どうしたものか。

考え込む私の前で、お母様はすっと立ち上がると、テーブルを回って私の横に腰を下ろした。

そして、いつも本を読んでくれる時のように私を膝の上に抱き上げると、私を後ろから抱きかかえるように手を私の前に伸ばしてきた。

「見てて」

お母様はそう言うと、私が今までに聞いたこともない美しい響きの言葉を私の耳元で囁いた。

突如目の前、お母様の手の上に小さな炎が灯り、それは美しい深紅の小鳥にその姿を変える。

初めて見る魔法に目を見開く私に、お母様は優しい声で諭すように話しかける。

「この小鳥はね、アメリアの持つ魔力と同じ、10MPくらいの魔力で作ったのよ。アメリアの魔力は確かに少ないかもしれないけど、決して何もできない無意味なものではないのよ」

なんてきれいで、可愛い小鳥だろう。

せっかく魔法のある世界に転生したのに、全くその才能がないと分かって落ち込んでいた私の気持ちが急浮上してくる。

少ない魔力でもこんなに可愛い小鳥が作り出せるのだ。

私が思いつかないだけで、色々とやりようはあるのかもしれない。

そんなことを考えながらふと前を見ると、お父様が驚いたように、でも、とても懐かしそうにお母様の手の上で舞う小さな小鳥を見つめていた。

「おとうしゃまもできるの？」

私の問いにお父様はゆっくりと首を横に振る。

「こんなに美しい鳥を作り出せるのは、アメリアのお母さんだけだよ。私にも無理だ。とても繊細な魔力操作が必要だからね。でも、きっとアメリアなら、そのうちできるようになるよ」

そう言うお父様は、それまでとは違うとても穏やかな顔で、私とお母様と、お母様の手の上

で踊る小鳥を見つめていた。

魔力測定とその後の話し合いの翌日、私はお母様に魔法について学びたいとお願いした。

「魔法はアメリアが5歳になるまで習えないのよ。昨日の小鳥の魔法ならまた見せてあげる。5歳になって神殿に行けるようになったらお母さんが教えてあげるから、もうちょっと待ってね」

昨日の魔法をすぐに覚えたがっていると考えたのだろう。

お母様は魔法の勉強は5歳まで待つように言う。

でも、多分それでは遅い。

私にはのんびりと5歳になるまで待つ余裕などないのだ。

昨日の話し合いのあと、今の私の現状と今後の方針について改めて考えてみた。

今はいい。

今はお父様、お母様が守ってくれている。

でも、その状況が今後も続く保証はない。

私もいずれ大人になるし、そうなれば、1人で外に出る機会も増えるだろう。

そして、いずれは親の庇護（ひご）も受けられなくなる。

昨日聞いた貴族制度を考えると、私が大人になっても同じように公爵として認められるのは難しいと思う。

魔力の多いことが文字通り国益（税収）となるこの国では、魔力を持たない者は現実的な理由で価値がない。

では、どうするか？

魔力が駄目なら、それ以外のところで国に価値を認めてもらうしかない。

お父様、お母様も恐らく同じように考えたのだろう。

大量に与えられた本も、魔力を持たない私に少しでも将来役に立つ武器を持たせようという気持ちの表れだったのだ。

その考えには私も賛成だ。

知識は力だ。

魔力の問題がなくとも、私がこの異世界でやっていくためには、この世界を知ることが何よりも大切だと思っている。

ただ、魔法に対する見解は、お父様、お母様と私ではちょっと違う。

両親は、どうせ私には魔法は使えないのだから、ない才能に固執するよりも今ある才能を伸ばした方が良いと考えているのだろう。

だから、今までも魔法に関する本だけは与えられてこなかった。

でも、私はそうは思わない。

私に才能があろうとなかろうと、この世界が魔法の力によって成り立っているのは事実だ。

社会制度にしろ産業にしろ、全て魔法が関係している。

ならば、自分では使えずとも、魔法に関して知っておくことは、この世界を生き抜くためには絶対必要だ。

知らなければ対処のしようがない。

実際に銃(じゅう)は撃てなくても、銃がどういうものかを知っていれば、危険だということは理解できる。

知らなければ、たとえ銃口を向けられても、命の危機にすら気づけない。

実際に魔法は使えずとも、それがどのようなものかを知っておく必要は絶対にある。

私はお母様に自分の考えを伝え、説得を試みる。

話を聞き終わったお母様は、感心したように、うれしそうに頷いた。

「なるほどねぇ。さすがアメリアちゃんは賢いわ。よ〜く現実を見ている。ただ無理だからと現実から目を逸(そ)らしていても、何も問題は解決しないわね。さすがは女神様の弟子といったところかしら」

「でッ!?（女神様の弟子って……）」

実は昨日の話し合いが一旦終わったあと、私は今まで頭の隅でずっと気にしていたことを訊いてみたのだ。

『おとうしゃま、おかあしゃまは、あたしのことをへんとか、こどもらしくないとか、おもったりしないですか？　ほかのきぞくのこも、みんなあたしみたいですか？』

実際、他の貴族の子供に会ったことのない私は、この国の貴族の子供のレベルが分からない。

もしかして、恐ろしく教育されているのかもしれないけど、さすがに元大人の私以上ということはないと思う。

言葉の問題が発覚してからは後先考えずに必死にやってきたけど、どう考えても私の普段の言動は3歳の幼児のものではない。

優秀云々の問題ではなく、不気味に思われてもおかしくないレベルだ。

だからこそ、今まで怖くて訊けなかったけど、昨日、両親が今までどんな気持ちで私を育ててくれていたのかを知ってしまった。

今更幼児が大人びた言動を取ったくらいで捨てられるようなことはないだろう。

そう思って訊いてみたのだけど……。

『もちろん、すご～く変だと思っていたわよ。

私だけではなくて、ディビッドもこの家の使用人も皆そう思ってるわ。

どこの世界にこの国の最高学府たる王立魔法学院で使われる教科書を、ほとんど独学で理解しちゃう3歳児がいるのよ？

貴族の子供どころか、王宮にいる貴族たちよりもアメリアちゃんの方が余程優秀よ。

ディビッドが、王宮の使えない貴族どもより、アメリアに仕事を頼んだ方が余程捗(はかど)るって、愚痴ってたもの』

どうやら、知らぬ間にやらかしてしまっていたらしい。

この国の〝学院＝小学校〟で使う教科書が、〝学院＝最高学府〟で使われているものだったとは……。

『まあ、アメリアちゃんは、それこそ赤ちゃんの頃から変だったしね。なんか大人びていて、いつも周りを観察するような目で見ていたし。

だからね、よくディビッドとも話していたのよ。アメリアのあの並外れた才能は、きっと魔力の代わりに神様が与えてくれたものなのだろうってね。

実際、私が聞いたこともないようなことを、当たり前のように話している時もあるし……。

やっぱり、ああいう知識って神様から戴(いただ)いたものなのかしら？』

『……え～と、そお！　ゆめのなかで、めがみしゃまにおそわりました』

私の苦し紛れの言い訳に、お母様はうれしそうに頷くと、『やっぱりね』と、すんなり納得してくれた。

まあ、元々神々から与えられた魔法が存在する世界だから、誰も神や精霊の存在を疑ったりはしない。

〝女神様に教えてもらった〟も、〝神々に与えられた魔法〟とそう変わらないから、ほぼ当初の予想通りで受け入れやすかったのかもしれない。

そんなわけで、私はお母様から〝女神様の弟子〟認定をされてしまったのだけど、ともあれ丸く収まったようで何よりだ。

これで、地球の知識を使って多少やらかしても、全て『女神様に習った』で押しきれる。

よし、知識チート発動か？

全く反省も学習もしない私を他所に、お母様は早速私の魔法の勉強のための本を、色々と見繕ってくれたのだった。

そんなことがあってから、数カ月が過ぎた。

私ももう４歳だ。

5歳になれば神殿の石板に触れられるようになり、実際に魔法を使うことができるようになる。

でも、正直それほど待ち遠しいってわけでもないんだよね。

だって、実践の方はダメダメだってことは分かっているわけだし。

それよりも、今はこの神様語（勝手に命名）の解読に夢中なのだ。

魔法を習いたいと言い出した私に、お母様は数冊の入門書とお祖父様の書いた魔法大全を用意してくれた。

入門書の方はこの世界の魔法についての一般常識が書かれたもので、半分くらいは他の教科の学習をする中で既に学び終えた知識だった。

入門書を速攻で片付けた私は、早速魔法大全の攻略に取りかかったのだけど……。

こちらはさすがに手強い。

魔法に携わる者のバイブルと言われるだけのことはある。

特に難航しているのが、呪文に使われている神様語の解読だ。

外国語マニアの性で、知らない言葉を見るとつい解読を試みてしまう。

オリジナルの呪文とその翻訳、実際の魔法の内容などを比較しながら、単語の意味や文の構造などを推測しているのだけど、なかなか上手くいかない。

最近は、お父様にも色々と教えてもらっているのだが、お父様も神様語の意味については今まで考えたことが全くなかったみたい。

この呪文のこの単語はどういう意味かと初めて訊いた時には、ぎょっとした顔をされた。

呪文というのは神様から賜った神聖なもので、その言葉の構造だの意味だのを考えるなど不敬というのが、この世界の感覚らしい。

呪文の研究というのも、その呪文がどの地方にあるどのような呪文で、どのようなことができるのかという研究はされるが、呪文そのものの仕組みや構造についての研究など存在しないそうだ。

これは、あれだね。

鎌倉時代で習う仏教、浄土宗の法然上人だ。

ただ一心に南無阿弥陀仏って唱えれば、誰でも極楽に行けますよってやつ。

下手に小さな子が意味なんか訊くと、つべこべ言わずに真面目に唱えなさいって怒られちゃう感じだ。

若い頃はかなりの魔法オタクだったらしいお父様にしてこれなのだから、普通は神様語の解読なんて思いもしないんだろうね……。

でも、私はやる！

目の前に意味の分からない言葉があるなんて、それだけで許せないからね。

そうして数時間魔法の学習に没頭した私は、ペンをペン立てに戻すと、椅子を立って軽く背伸びをする。

(ちょっと運動でもしようかな)

椅子から立ち上がった私は、自室の中央、少し広いスペースに移動して、最近日課となった太極拳の練習を開始した。

まずは軽くストレッチをして体をほぐし、続いて足を軽く肩幅に開いた中腰の姿勢でまっすぐに立つ。

気功法の型を作り、そのままの姿勢を数分間維持。

同じことをいくつかの別の型でも繰り返す。

立禅とか站椿とかいうやつだ。

じっとしたままの姿勢で、全身の力を抜く。

重心はぐらついていないか、体のどこかに無駄な力みはないか。

全身に意識を集中させていると、そのうち掌や丹田の辺りに熱を感じるようになる。

この体はまだ幼くて柔軟なせいか、前世で練習していた時よりもはっきりと熱を感じることができる。

前世の太極拳の師匠である私の祖父は、この熱のことを〝気〟だと言っていた。

実際は、ただ血行がよくなっているだけなのかもしれないけど、カッコいいから私も〝気〟ということにしていた。

立禅が終わり、程よく掌や丹田に気を感じられるようになったところで、今度は太極拳の套路を始める。

先程の立禅で得た熱を見失わないように意識しながら、30分ほどをかけてゆっくりと決められた型をなぞっていく。

水の中を動くようにイメージしながら、ゆっくりと粘るような動きを心がける。

全身の力は抜き、水の抵抗に逆らわず、周りの水の流れを意識するように。

流れに乗るように軽やかに、それでいて水の流れのように重々しく。

〝重いものは軽く、軽いものは重く〟というのは茶道の教えだったけど、太極拳も大体そんな感じだ。

練習が終わると、そのタイミングを見計らったように、若い侍女さんがタオルとお湯の入った洗面器を持ってきてくれた。

お湯に濡らしたタオルで汗をかいた体を拭かれ、新しい服に着替えさせてもらう。

別に自分1人でもできるのだけど、見た目は幼児だしお嬢様でもあるので、その辺は侍女の皆さんにお任せしている。

彼女たちの仕事を取っちゃっても困るしね。

ちなみに、服はドレスとかではなく、動きやすい普通のワンピースだ。

特に太極拳の練習をしていても邪魔には感じないので今のところ問題ないが、そのうち練習用にズボンタイプの服を作ってもらった方がいいかもしれない。

足を上げたりする動きもあるからね。女性がスカートでやると色々と障りがあるのだ。

よ～く体を拭かれて着替えも終わったところで、サマンサがお茶を淹れてくれる。

ここまでが、最近のいつもの日課だ。

太極拳の練習は、魔力測定の日からしばらくして再開した。

1つには自分の現状を踏まえて、今後何かあった時のために、やはり体力と護身術は必要だろうと判断したから。

この世界で私の太極拳がどの程度護身術として通用するかは分からないけど、何をやるにも体力は必要だしね。

あともう1つは、私がこの家限定で自重を止めたこと。

3歳の幼児が、もう4歳だけど、いきなり変な体操を始めたら絶対に変に思われる。

実際、ちょっと運動するからと突然部屋で奇妙な動きを始めた私を見て、初めてそれを見た侍女の皆さんは慌ててお母様を呼びに走っていた。

何事かと駆けつけたお母様に、必殺『これは夢の中で女神様に教わった運動だ』と言うと、お母様も侍女の皆さんも納得してくれて、それからは何も言われなくなった。

この家の人たちがどこまで私の〝言い訳〟を信じてくれているのかは分からない。

でも、私がどんなに変なことをしても、それが他人を傷つけるようなことでもない限り、お父様もお母様も使用人の人たちも、私を変な目で見ることはないだろう。

最近、心からそう思えるようになってきたのだ。

この世界にはどういった魔法があるのか？

どのような現象を引き起こすのか？

どう使われているのか？

魔法大全の読み込みもだいぶ進み、魔法の概要はおおよそ理解できてきた。

私の魔法についての勉強も、概ね順調と言える。

問題は、呪文に使われている言葉の意味なんだよねぇ……。

これが分かれば魔法の仕組みなんかも分かるかもしれないし、そうすれば新たな魔法を作り出すことも可能かもしれない。

魔法大全には世界中から集められた呪文の原文とその訳や、実際の効果が書かれているから、それらを比較しながら単語の意味を類推しているんだけど……。

いくつかの単語については、ほぼ単語の意味を限定することができた。

でも、よく分からないものもまだまだ多い。

例えば、〝炎槍(えんそう)〟という呪文。

これは、槍(やり)の形をした炎を作り出して相手にぶつける魔法なんだけど、呪文はこう。

『炎よ、我が魔力喰らいて槍となせ』

これ、実際に叫ぶのは恥ずかしいよね。

どうせ私には使えないけど。

ただ、実際にはこういう内容の神様語(呪文)を唱えるだけで、幸い直接この台詞を叫ぶわけではない。

もし、お父様がこんな台詞を真顔で叫んでいるところとか見たら、私は悶死(もんし)してしまうだろう。

まあ、それはどうでもいい。

問題は呪文だ。

炎槍の呪文は以下の通り。

『Умножьте тепло и магию. Формируйте тепло в нужную вам форму.』(炎よ、我が魔力喰らいて槍となせ)

で、次の呪文が、〝ファイアボール〟。

『Умножьте тепло и магию.』(我が魔力よ、炎となれ)

呪文の前半は全く同じだ。

ファイアボールと炎槍の違いは、炎をそのまま飛ばすか槍の形にして飛ばすかの違いだけだから、多分呪文の前半で炎を作って、呪文の後半で槍の形に加工するのだろうと推測できる。

で、次に同じようにものを加工する魔法をチェック。

まずは金魔法。

金属を思い通りの形に加工する魔法なんだけど、呪文はこうだ。

『Формируйте неорганические материалы в нужную вам форму.』(命なき者よ、我が命に従い新たなる形を成せ)

次に木魔法。

木材を思い通りの形に加工する魔法で、呪文はこう。

『Формируйте органические материалы в нужную вам форму.』(生在(あ)る緑の息吹(いぶき)よ、我の求めに応じその形を変えよ)

炎槍の後半部分と金魔法、木魔法は、一部の単語を除いて全て同じ。

つまり、これらは3つとも同じ呪文で、違いは加工するものが何かということだけなんだと思う。

そうすると、それぞれの違う単語が加工するものを指しているということで、

『теплo』が槍で、

『неорганические материалы』が金属、

『органические материалы』が木材ということになる。

〝命なき者〟とか〝生在る緑の息吹〟とかあるけど、呪文の用途を考えると、これって金属と木材で間違いないんじゃないかと……。

なんとなくイメージというか、言いたいことは伝わるんだけどね。

これってもっとシンプルに、〝金属よ、思った通りの形に変われ〟とかじゃ駄目なのかなぁ……。


なんか、一々言い方が大袈裟なんだよね。

で、ここでよく分からないのが、槍を表す『теплo』だ。

この単語って、ファイアボールの呪文にも入っているんだよね。

そう考えると、『теплo』は〝槍〟ではなく、むしろ〝炎〟ではないかと思うのだ。

〝炎を加工する〟ということで、金魔法、木魔法とも辻褄が合うしね。

ただ、そうなると〝槍〟はどこに行った?、ということになる。

呪文の訳文に、はっきりと〝槍〟という名詞が使われている以上、どこかに〝槍〟という言

葉があるはずなのに……??

　こんな作業を繰り返しながら、私は神様語の解読を着々と進めていった。

　そんなこんなで魔法の勉強を始めて1年近くが過ぎ、呪文の解析作業が一通り終わった。

　まだ全然意味が分かっていない単語も結構あるけど、それでも全体の7割程度は意味の見当がついた。

　最初は難航しまくった解析作業だったけど、お父様から神殿にあった創世神話の書かれた壁の原文と、その訳の写しを見せてもらえたのが大きかった。

　これは呪文や魔法とは直接関係ないため魔法大全には載(の)っていなかったのだが、研究資料の1つとしてお父様が写しを持っていたのだ。

　創世神話の方は呪文と比べて大袈裟な意訳も少なくて、比較的原文に忠実な訳だったのが幸いした。

　改めて確認してみると、あの呪文の訳は本当に！　本当に!!　意訳が多いのだ。

　ほとんど原文無視で、「こんな内容の呪文でこんな効果があるのなら、こんな感じの表現の方がカッコいいよね」というノリで、訳が作られているものがかなりあった。

　もう絵本や、映画の字幕のレベルだ。

前世で絵本の原書と日本語版の話を読み比べた時、洋画の中のカッコいい名台詞とオリジナルの台詞を比較した時、「全然違うじゃん！」とショックを受けたことがあったけどね。

そのレベルで、この世界の呪文とその呪文の訳は違っていた。

場合によっては、訳文の方がオリジナルの本来の意味を歪めてしまうくらいにひどかった。

お母様が以前見せてくれた火の鳥の魔法。

あれって、実は〝炎槍〟の魔法だったのだ。

詳しくお母様に訊いたら教えてくれた。

炎槍で作り出す槍の形が人それぞれで違うから、だったら鳥の形をした槍？　でも問題ないだろうと思って呪文を唱えたら、本当に鳥の形になったそうだ。

他の人たちは、槍が鳥とか言われても上手くイメージできないし、あげくの果てには元々の槍の形まで崩れてきてしまうし、おまけに威力はただのファイアボールと変わらないことが発覚したため、誰もお母様の真似をしようとは考えなくなったんだって。

でも、その話を聞いて確信した。

〝炎槍〟は、炎を槍の形にして飛ばす魔法じゃない。

あれは、炎を自分の好きな形にして飛ばす魔法だ。

確かに炎の熱を一点に集中させる攻撃魔法と考えれば、初めから槍の形にイメージさせるのは理にかなっていたのかもしれないけどね。

あの伝えられた訳で皆魔法のイメージを掴むものだから、全員があの魔法は槍の形の炎を作り出す魔法だと信じ込んでしまっている。

そういう元々の呪文に対する間違った解釈は、実はかなり多いのではないかと思うんだよね。

その辺りは今後実験を繰り返しながら確認していくしかないと思うんだけど……。

1つだけ、確信したことがある。

この呪文の訳を考えた奴、絶対に例の病の罹患者だ。

呪文を教えた神様がこんな間違った訳を教えるわけがないから、恐らく犯人は大昔の神官か権力者か……。

とにかく、最初にこの呪文を神様から授けられた人間辺りだろう。

きっとすごい威力の呪文とか授けられて、「俺ってスゲー」みたいな万能感で、例の病を拗らせてしまったのだと思う。

全く迷惑な話だ。

きっと、呪文に自分の主観たっぷりの恥ずかしい訳をつけてしまった彼（彼女）も、今頃は草葉の陰で己の黒歴史に身悶えていることだろう。

ともあれ、これで今私にできる研究は一通り終わった感じで、あとは実際に呪文を使って実験してみるなり、新しい資料をどこかで入手するなりしてみるしかないと思う。

魔法の実験は5歳になるまでできないし、(5歳になってもできるか分からないけど)、あとはお父様の持っている資料を当たるくらいしかすることはないかなぁ……。

「お父さま、こちらのしりょうはこれでいいですか?」

手渡された資料を確認して頷くお父様。

「うん、ありがとう。全然問題ない。アメリアが私の仕事を手伝ってくれて、本当に大助かりだよ。今まで溜まっていた書類がどんどん片付いていくからね」

お父様は本当にうれしそうだ。

私は最近、自宅でお父様の書類仕事を手伝うことが増えた。

最初はお父様の書斎にある魔法関係の資料を見せてもらうために、この部屋を訪れていたんだけどね。

目当ての資料を探す中で他の書類もついでに整理したりしていたら、いつの間にかお父様の秘書のようなことをやらされていた。

「王宮の官吏などお話にならないくらいだ。ベラドンナ……王妃殿下も感心していたよ。アリッサとは大違いだってね。きっとアメリアのその才能は、父親の私に似たのだろうと言ってね。

……云々」

何やら色々と言っているけど、本当にお父様はうれしそうだ。

「あのぉ、お母さまは書るい仕事がにがてなのですか？　よく本を読んでいるし、お仕事の書るいを読んでいることもあるから、とくいなんだと思ってました」

「う〜ん、アリッサは所謂天才肌というか……。例えば、複数の人間の資料を渡して、この中でこの仕事を頼むとしたら誰が適任か？と訊けば、彼女は間違いなく最適な人材を選び出す。でも、理由を訊いても答えられない。『そんなの、資料を見れば分かる』とか、『なんとなく』で終わってしまう。優秀ではあるんだけど、こういった仕事には向いていないんだよ」

苦笑するお父様を見て、非常に共感するものがあった。

ああ、いたね。昔、私が教えた生徒の中にも。

答えは合っているのに式がなくて、どうやって答えを出したのかと訊いても、ただ「なんとなく」って答えるだけ。

よくよく聞けば、よくそんな方法を思いついたと感心してしまう方法だったりするんだけど、その方法は出題者側が期待している求め方ではなくて……。

なまじその問題に限定するなら効率の良い方法で、答えも正しいものだから、頭から否定もできずに苦笑してしまった経験がある。

お母様はあのタイプかぁ……。

うん、こういう仕事には向かないね。

納得しつつ次に頼まれた仕事の資料を見て、私は愕然とした。

それは、我が国の騎士や軍属の貴族が行った演習の詳細な報告書だった。

なんでも、王都で働く貴族や騎士、兵士たちの能力査定を行うための資料だとか……。

貴族の誰々がどのくらいの距離の的にどのくらいの精度で魔法を命中させたかとか、騎士の誰々の魔法攻撃でどのくらいの大きさの岩が破壊されたとか、兵士の誰々の魔法は威力は弱いものの魔法の発動は一番早かったとか……。

報告書というより、これ日記？　作文？　って感じのものだったけど、（書式くらい作っとけよ）、問題はその内容だ。

これって、完璧に軍の機密データだよね？

ミリタリー系はあまり詳しくない私でも分かる。

魔法の有効射程、命中率、威力、魔法の発動時間、主要戦力、演習参加者の個人名や人数、ｅｔｃ．

こんなのが他国に流出したらと考えると、ぞっとする。

ゲームでも、ボスのＨＰやＭＰ、攻撃手段や攻撃力なんかが分かっていれば、攻略はかなり楽だったからね。

こんなもの、４歳の子供に触らせていいのか？

これ、社員の能力査定の資料なんかじゃないから！

最近、お父様の仕事を手伝うようになって、改めて感じることがある。

この国は平和だ……。

超平和ボケだ！

過去２００年、この国では全く戦争がなかった。

国境を接するソルン帝国とは若干の緊張状態にはあるようだけど、それ以外は国内外共に至って平和。

おまけに、魔力の多い者が他国と比べて圧倒的に多いこともあり、この国の軍事力、特にその火力は４カ国間で断トツだ。

その上、魔力を溜めることのできる魔石もこの国の独占市場。

まあ、魔石は充電池みたいなものだから、一旦普及してしまえば、あとはそれほど数が必要になるものでもないんだけどね。

とにかく、自他共に認める強国。それがモーシェブニ魔法王国なのだ。

幸いなのは、この国の人たちは選民意識は強いものの、他国に関してはかなり無関心だということ。

この国は、完全に自給自足が可能な国だから。

実際、世界を恐怖の淵に叩き込み、世界の枠組みを大きく変えるきっかけとなった２００年前の大規模疫病被害。

その後の混乱期。

世に言う〝大災厄〟と、その後の〝暗黒期〟。

この国は世界中が大きく変わっていったこの時期に、いち早く国境を壁で閉ざし、１００年間の鎖国を宣言したのだ。

神聖ソラン王国はソルン帝国に変わった。

それまでバラバラに点在していた小国は一致団結し、新たにビャバール商業連邦が誕生。

それまで神の末裔として君臨していた倭国の皇族は、その秘匿魔法を公開して人間宣言を行い、王制民主国家への道を歩み出した。

そういう世界規模での大変革の時期、この国は自国に引きこもって嵐が去るのを待っていたのだ。

それが英断だったのか愚策だったのかは分からないけど、そんな歴史や今の現状もあって、この国の国民は良くも悪くも他国に対して無関心だ。

何かあればまた鎖国すればいいくらいに考えている節があるし、我が国を脅かすものなど何も存在しないと本気で考えている。

当然、他国に対する危機意識などあるわけがない。

あるのは、他の貴族に対する危機意識だけだ。

「お父さま、このようなしりょう、ほんとにわたしなんかに見せてもいいのですか？」

「うん、それは軍の資料といってもただの人事査定用の資料だからね。別に軍の正式資料というわけではないから問題ないよ」

問題大ありでしょ！

王宮ではやり手と言われている（らしい）お父様にしてこの体たらくなのだから、他の貴族など推して知るべしだ。

この国は本当に大丈夫だろうか？

私は手早く渡された資料をまとめ、その資料から推測できる王都駐留軍の戦力を、その場でお父様に読み上げていった。

兵数。

貴族、騎士、兵士の割合。

攻撃可能な有効射程。

威力……等等等。

私の声を聞きながら、だんだんと顔色が蒼くなっていくお父様。

4歳の幼女に、今、王都の主戦力が丸裸にされているのだ。

顔色も悪くなるだろう。

「アメリアの言う通りだね。これは粗雑に扱ってよい資料ではなかったよ」

そう言って私の手から資料を受け取るお父様。

「これを手離すのか……」

何やら呟いたお父様は、改めて私に向き直る。

「アメリア、今日の午後は、一緒にお茶でもいただこうか」

「おちゃしつで、ですか？」

「うん、今日は私がアメリアに一服ごちそうしよう」

そう言うと、お父様はまた自分の仕事に戻っていった。

驚いたことに、この国というか、この世界には〝茶道〟があった。

それも、私が日本で習っていたものとほぼ同じ、純然たる日本の文化、茶道が。

もちろん、多少の違いはあるけど、基本的なお点前やお客の作法などはほとんど変わらない。

流派の違い程度で済んでしまうほどの差異だ。

日本の茶道も、習っている流派によって細かな違いはあった。

お茶をいただく時にはお茶碗を回して正面を避けるというのは同じでも、回す角度は流派それぞれ。

１８０度回すという流派もあれば、軽く正面を避ける程度でよいという流派もある。

それぞれの流派や習っている先生によっても微妙に所作が違うから、例えば他所のお茶会でうっかり間違えたことをしても、余程基本から外れたことをしない限りは、〝流派の違い〟ということで目くじらを立てられるようなことはなかった。

特にこの国の場合は、茶道が倭国から伝わってまだ50年程度ということもあり、十分な指導者がいないせいか、余計に細かなところは適当になっているようだ。

そもそも、なぜ大陸の東の端にある倭国の文化が、西の端に位置するここ魔法王国の貴族の間で広まったのか？

理由は単純で、魔法の役に立つから。

茶道は〝ティーセレモニー〟とも呼ばれ、この世界では元々は倭国の皇族が大がかりな魔法を使う前に行っていた〝儀式〟だったらしい。

この儀式を行うことで集中力が高まり、魔力に対する感覚が鋭(するど)くなる。

また、普段から茶道の稽古を行うことで、魔力操作がより巧みになる。

これが他国に関心の薄い魔力至上主義のモーシェブニ魔法王国で、ここまで茶道が持て囃されている理由みたい。

実際、倭国の人間は魔力量では我が国に劣るものの、魔力操作の巧みさにおいては世界一と言われている。

そんなわけで、50年ほど前に倭国の使節団訪問の際に我が国の王族に伝えられた茶道は、今では我が国の貴族の嗜みとして完全に定着しているらしい。

王宮での会議や話し合い、他国の者との会合などが茶室で行われることも少なくないため、貴族や大商人にとっては、茶道は必修スキルなのだそうだ。

初めてこの世界の茶道事情を聞いた時には、このご都合主義的ファンタジー設定に驚いたけどね。

でも、集合的無意識なんて理論もあったし、案外世界が変わっても、人間の考えることなんて似たり寄ったりなのかもしれないと納得した。

大体、ここまで〝転生特典〟、〝異世界チート〟に見放されてきているのだ。

多少の〝知識チート〟くらいは享受させていただかないと、やってられないってものだ。

そんなわけで、早速使わせていただきました。

必殺〝女神様に習った〟攻撃。

この世界の茶道が元々〝儀式〟であったこともあって、あっさりと受け入れてもらえました。

Ｑ：なぜ初めてなのにお点前などできるのか？

Ａ：女神様に教えていただきました。

これで問題解決だ。

で、目下(もっか)私の目の前の点前座(てまえざ)（お茶を点(た)てる場所）にはお父様が座り、真剣に茶を練(ね)ってくれている。

そう、〝点てて〟ではなくて、〝練って〟だ。

これ、日本人でも茶道とかやったことのない人は、意外と知らないんだけどね。

お抹茶には〝薄茶(うすちゃ)〟と〝濃茶(こいちゃ)〟があって、よく観光地なんかで出される薄緑のカプチーノ状のお抹茶は薄茶だ。

濃茶はもっとどろっとしていて、舌触りはお茶というより飲むヨーグルトに近い。

ただ、味の方は飲むヨーグルトのように甘くはなくて、飲み慣れていないと滅茶苦茶苦い。

もうこれでもかって量のお茶をいれて〝練る〟わけだからね。

多分、お抹茶は苦いみたいに言われるのは、実は薄茶のことではなくて濃茶のことだ。

茶道を全然知らない友達が観光地のお寺で薄茶を初めて飲んだ時、「抹茶って、言うほど苦くないよね。結構甘味があっておいしいかも」とか言っていたけど、多分それ違うと思うよって、心の中で言っておいた。

濃茶もコーヒーみたいなもので、飲み慣れるとおいしく感じるようになるんだけど、正直初心者にはハードルが高い〝大人の味〟なのだ。

はい、説明終わり。

で、今お父様はいたいけな幼女に、〝大人の味〟を味わわせようとして下さっているわけですね。

まあ、普通に飲めますけどね。

夜眠れなくなるかもだけど。

それに、さっき出された超甘甘（あまあま）なお菓子には、濃茶の方が合うことは合うしね。

最近よく思うのだけど、この国はとにかく大味（おおあじ）というか大雑把というか、とにかくたくさんあるのが偉いみたいな風潮がある。

魔力だけではないんだよね。

例えば、料理。

とにかく量が多い。

大きなお皿にかなりの量が盛られて出てくる。

しかも、それで1人分。

当然全部なんて食べられないから大半は残すことになるんだけど、それで特に問題はないらしい。

残った料理はあとで使用人が食べるらしく、残る分も含めて使用人の賄い(まかな)の量は考えられているから、決して食材を無駄にしているわけではないんだって。

とにかく食べきれないほどたくさんという感覚が大切で、全部食べられたりすると、料理人としては主人(あるじ)を十分に満足させられなかったということになるらしい。

これ、同じようなことを前世の旅で仲良くなった台湾の子が言ってたなぁ。

そういう文化なんだと言われれば納得するしかないわけだけど。

それでも、〝出された料理を残す〟ということに、元日本人の本能がとてつもなく抵抗を示すわけですよ。

文句を言っても仕方がないけどね……。

で、お菓子。

とにかく甘い！

滅茶苦茶甘い！

もうそのまま砂糖を舐めた方がまだマシって思えるくらいに甘いのだ。

これも覚えがある。

アメリカだ……。

最近は健康志向もあってだいぶマシになってきているらしいけど、あの国のお菓子はとにかく甘かった。

まだ砂糖が高価だった頃のなごりで、なんでも砂糖をたくさん使っているのが高級みたいな風潮があるらしい。

多ければ多いほど良いって発想は、まさにこの国の価値観だと思う。

そういえば、全然関係ないけど、アメリカと仲の悪いはずのアラブ圏のお菓子も超甘甘だったっけ。

あそこは宗教上の理由でお酒が飲めないから、大の男が仕事帰りに立ち食いのスタンドでケーキを食べるという異様な光景が広がっていた……。

あれはちょっと怖かった。

どうでもいいんだけどね。

まあ、結局何が言いたいかというと、さっき食べたお菓子が甘すぎて口の中が大変なことになっているから、早くお茶が欲しいということだ。

そうこうしているうちにお抹茶も出され、一通りのお点前が終わったところで、お父様は足を崩して私の方に向き直った。

「大変だったら足を楽にしなさい。ちょっと大事なお話があるからね……」

「だいじょうぶです」

そう応えた私は、その場で居住まいを正す。

お父様はその場で言うか言うまいか少し悩んだあと、堰を切ったように話し出した。

「アメリアには王都を離れて、先生、お祖父ちゃんの住む公爵領の方に行ってもらいたいんだ。

実は最近、貴族どもがうるさくてね。もう、アメリアも4歳だ。普通なら、そろそろ同派閥の貴族の子供の中から将来の側近候補となる学友を選んだり、正式ではないが派閥の貴族のパーティーやお茶会に参加したりと、少しずつ外に出て社交に慣れていくようになる。

貴族の正式な社交は7歳からだから、今は無理に社交をする義務はないのだが、近頃何かにつけてアメリアに自分の子供を紹介したいだの、自宅のパーティーに招待したいだの言ってくる貴族が増えた。

……奴らの魂胆は分かっている。アメリアの品定めと、嫌がらせだ。アメリアも知っている通り、我が家は事情が事情だからね。特にアメリアの魔力が少ないことは王都の貴族の間には知れ渡っているから、奴らにとっては格好の獲物というわけさ。

今はそういった連中は全て無視しているが、不甲斐ないことにいつまでアメリアを守ってあげられるか分からない。このまま王都に住み続けていれば、やがて断りきれずに引っ張り出されてしまうだろう。だから……」

「分かりました」

辛そうに言葉を重ねるお父様に、私は全く気にしていないという素振りで答える。

正直なところ、この展開は想定の範囲内だ。

私としては全く問題ない。

むしろ、望んだ展開というか……。

実際、私の魔法研究は行き詰まっているし、これ以上の進展はこの王都邸では望めないだろう。

公爵領なら、あの魔法大全の著者である大賢者のお祖父様もいるし、王都にいるよりも自由に研究が進められるかもしれない。

まぁ、今でもかなり自由にやらせてはもらっているけどね。

だから、落ち込んでいるお父様には悪いけど、私にとっては渡りに船だ。

何も問題はない。

「りょうとに行けば、おじいさまにもあえますし、お父さまのお手つだいもなくなりますから、魔法のけんきゅうもすすみます。魔法のけんきゅうは、お父さまのぶんまでわたしががんばりますから、お父さまは王とでおしごとをがんばって下さい」

そう言って慰めてあげると、お父様は苦笑して言った。

「領都、とは言っても、実際には我が家の領都邸と先生の住む塔、あとは小さな町があるだけだが……。まぁ、領都にはアリッサも一緒に行くことになっているし、侍女長のサマンサと家令のダニエルもつけるから、特に不自由はないはずだ」

「お母さまだけじゃなく、サマンサやダニエルもって、お父さまはだいじょうぶですか？」

思わず訊いてしまった私に、お父様は「心配ない」と笑っていたけど……。

サマンサとダニエルは、今は我が家の侍女長、家令として働いてくれている使用人だけど、元々は王太子だったお父様の教育係兼将来の側近として、前国王陛下から直々につけられた人材だ。

はっきり言って、そこらの貴族などより余程優秀で、今でもただの侍女、家令以上の仕事をお父様に振られているのを私は知っている。

今でも公私共にお父様の側近なのだ。

そして何より、あの家族愛溢れるお父様が、私だけでなくお母様まで手離して、1人単身赴任って……。

それだけ私のことを大切に思ってくれているってことだろう。

そして、それだけのことをしなければならないほど、今の私の置かれた状況は危ういということだ。

お父様にお礼を言うと、私は早急に移動の準備を始めることにした。

それからの数日、私とお母様はバタバタと領都への引越しの準備を行った。

といっても、実は大したことはなかったんだけどね。

当面の生活に必要なものは、全て領都邸の方にも揃っている。

別に向こうでパーティーに出るわけでもないから、着るものなど適当で構わない。

元旅人の私も、元平民のお母様も、その辺りは特に頓着しないしね。

移動中に必要なものの準備は全てサマンサとダニエルにお任せなので、私が特に準備するものはない。

お別れを言う友達も特にいない。

別にボッチってわけじゃないよ！

……いや、ボッチだけど。

私に友達がいないのは家庭の事情だし、4歳くらいなら別に珍しくないし……。

とにかく、私がしなければならないことは、せいぜい今までの魔法の研究資料や持っていく本の選別くらいだった。

元旅人としては、色々と旅の準備の方もしたいところだけど、その辺りは今回プロにお任せだ。

こちらの旅事情など何も知らない戦力外の幼女が、下手に口を出しても邪魔になるだけだしね。

そんなこんなでこの数日、仕事の引き継ぎをしなければならないサマンサとダニエルは忙しそうだったけど、私の方はお父様の仕事の手伝いが少し大変だったくらいで、実は思っていたほどバタバタはしなかった。

大変だったのは、お父様に領都に行く前にこれだけは頼むと泣きつかれて行った、王宮に提出する会計報告書の確認作業だけだ。

こんなの、幼女にさせるなよ！

私がいなくなっても、本当に１人でやっていけるのか、お父様？

そんな心配を他所に、王都を発つ日がやってきた。

天気は快晴。絶好の旅日和だ！

お父様は今にも泣きそうな顔でお母様と何やらお話ししているけど、『ごめん、お父様』、私の方はこの異世界での初めての旅にテンションが上がりまくっています。

そして出発する3台の馬車。

1台には私とお母様、サマンサとダニエルが乗っており、残り2台は荷物。

1台は今回の引越し用の荷物で、もう1台は領都邸に定期的に送っている輸送物資だ。

これから行くお父様の領地はセーバ領で、領都はセーバ。

元々王家の直轄地だった王都の北側の地のうち、魔石の山モーシェブニ山とその他の鉱山を含む北部から北東部を除く海側の北西部一帯。

要は、大した地下資源もないただの森や平野が広がる地域を、公爵領としてお父様が譲り受けたわけ。

王都の北側は、元々鉱山以外は何もない行き止まりの土地なので、基本、人の行き来は王都まで。

王都より先に向かう者など誰もいない。

今は一応その行き止まりの終点に、領都があるんだけどね。

所詮は領主が住んでいるわけでもない領主邸と、引きこもりの魔法オタクの塔。

そこに100人程度の人間の住む小さな町があるだけだ。

人が行き来する理由にはならないよね。

一応王都とセーバの町の間にも小さな村や集落はあるから、王都からセーバの町まで完全に無補給状態というわけではないみたい。

それでも、途中には野営する必要のある区間もあるし、村にも宿屋があるわけではないから、きつい旅になるのは覚悟するようにと言われた。

道理で、今まで一度もお祖父様のところに連れていってくれなかったわけだ。

小さな子供を連れてホイホイ行ける場所ではないよね。


と、そうして始まった領都までの旅は、大きな問題もなく無事終わった。

いや、もちろん全く何もトラブルがなかったわけではないんだよ。

立ち寄った村では、公爵夫人と公爵令嬢が来たってことで無駄に畏まられちゃうし。

野営地では、大きな獣（魔獣らしい）に、何度か襲われたりもしたしね。

あっさり撃退されちゃってたけど。

サマンサとお母様に。

お母様が攻撃魔法を使うところを初めて見たけど、すごくカッコよかった。

初めて魔獣が出た時には、護衛の兵士の人も私とお母様の前に立ちはだかって、必死に守ろうとしていたんだよ。

でも、お母様がなんでもない様子で、出てきた魔獣を瞬殺しちゃって、「新鮮なお肉が手に入ってよかったわ」とか言うものだから……。

サマンサが戦うところは見ていないんだけどね。

ちょっと見かけなくてどこに行ったんだろうとか思っていると、こちらも「新鮮なお肉が手に入りました」って言って、大きな魔獣を持って戻ってきたりして……。

いつも領都への物資の輸送を担当してくれている護衛の兵士の皆さんが、少しやさぐれていたのは気のせいではないと思う。

いくら貴族は魔力が多いといっても、そこは荒事とは無縁の公爵夫人とそのお付きの侍女だ。

今回はただの物資の輸送だけではなく、貴族の護衛任務もあるのだからと、随分緊張していたらしい。

それが、蓋を開ければこれである。

ついでに言うと、ただ攻撃力が高いというだけではなかったのだ。

お母様もサマンサも、それからダニエルも。

お屋敷暮らしの公爵夫人とそのお付きの侍女と執事は、恐ろしく旅慣れていた。

サマンサとダニエルは野営地でも大活躍だった。

どこからか狩ってきた獲物を慣れた手つきで素早く捌き、その場でおいしい料理を作ってくれた。

水や火も魔法で確保してくれるし、野営地に近づく魔獣に真っ先に気づくのもこの2人だった。

お母様は別に率先して働いたりはしなかったけど、旅慣れているのは一目瞭然だった。

護衛の兵士さんより余程元気だったしね。

私もキャンプは数えきれないほどしたし、水道も電気も何もない場所での野営の経験もあるけど、ここまで旅慣れてはいない。

せいぜいが今回護衛をしてくれた兵士さんたち程度だ。

私もそれなりに旅慣れているつもりだったけど、やっぱり異世界は違うね。

今回は全くいいとこなしだった。

私もまだまだ修行が足りないね。

＊＊＊＊＊

そんなことをアメリアは考えていたのだが、やりきれないのは兵士たちの方で……。

夜の闇に怯えるわけでもなく、目の前で捌かれた獣の肉を気持ち悪がるわけでもなく、それが当然であるかのように自分たちと同じ旅についてくるお嬢様育ちの4歳児。

〝過酷な環境で生きる自分たち〟にプライドを持っていた兵士たちは、だいぶダメージを受けたらしいが、それはアメリアのあずかり知らぬこと。

10日ほどの日程を経て、アメリアたちは領都セーバに到着した。

海岸線の開けた土地を進むと、やがて見えてくる石造りの塔。

そこには、海に面したのどかな漁村の風景が広がっていた。

5章　セーバの町と賢者の塔

セーバ領の領都セーバに無事到着した翌日。

私とお母様はお祖父様に会いに、町の外れにある〝賢者の塔〟に向かった。

賢者の塔というのはもちろん、お祖父様の住んでいる塔のこと。

石造りの3階建ての塔で、2階以上の建物が1つもないこの町ではかなり目立っている。

お祖父様は現在、その塔に1人で住んでいるそうで、滅多に塔から出てくることはないらしい。

ちなみに、食事は朝晩お屋敷の使用人が準備して届けるか、塔に作りに行っているとのこと。

掃除やなんかもお屋敷の使用人がその都度（つど）やってくれているらしい。

つまり、完璧な引きこもりだ。

今現在、この領都……もうセーバの町でいいか、のお屋敷は、お祖父様の親友のアルトゥーロ男爵……アルトさんが管理してくれている。

この町の代官も、アルトさんがやってくれているらしい。

アルトさんは昔、お祖父様の護衛としてお母様とも一緒に旅をしていたらしくて、お母様とも気心（きごころ）が知れた仲だ。

以前は、ただの冒険者だったんだって。

お祖父様と一緒にこの町に引っ越してきてから、代官の仕事をするのには肩書きがあった方が何かと便利という理由で、貴族の爵位を取ったらしい。

元々魔力の高い傭兵の一族だったということで、規定の魔力量はクリアしていたため、申請したらあっさり爵位は認められたそうだ。

そんなわけで、アルトさんにもアルトさんが管理するお屋敷にも、貴族貴族したところは全くなく、お屋敷の雰囲気は王都邸以上に緩かった。

今後はダニエルとサマンサが家令、侍女長としてお屋敷を預かることになるので、今お屋敷で働いている使用人の人たちは慣れるまで大変だと思うけど、アルトさんはこれで肩の荷が降りると喜んでいた。

今、私とお母様は仲良く手を繋いで、お祖父様の塔に向かってセーバの町中を2人で歩いている。

馬車など使わずに、完全に徒歩だ。

町の人たちは遠目にこちらを見てくるけど、特に敵意は感じない。

アルトさんやお屋敷の人たちとこの町の人たちは良い人間関係を築けているようで、私やお母様に対しても皆好意的なようだった。

アルトさんにしてもお母様にしても、一応2人とも名目上は貴族なんだけど、お母様とお父様が結婚する前まではただの平民の冒険者だったからね。

遠く王都から離れて他に誰も貴族などいないこの町では、貴族らしく振る舞う必要は特にないんだって。

町の人たちにしても、そもそもここに公爵邸が建てられるまでは貴族などとは全く縁のない生活を送ってきたせいか、良くも悪くも貴族に対する偏見(へんけん)はないとのこと。

つまり、私たちが連れだって町を歩いていても、誰も奇妙に思ったり畏まったりはしないということだ。

うん、平和に暮らせそうで何よりだ。

塔に着いた私たちは、1階の何もない広い空間を抜けて、階段を上がっていく。

2階の廊下には幾つかの部屋があって、そのうちの1つのドアが開けっぱなしにされていた。

中を覗くとたくさんの本や書類の山が見え、その陰に隠れて1人の初老の男性が見えた。

「お父さん」

お母様が声をかけると、読みかけの本から顔を上げた男性が、驚いた顔でこちらを見た。

「アリッサか……？　どうしてお前がここにいる？」

「事前に手紙出したわよね？　私たちが来るって、お屋敷の人に言われなかった？」

そう言われて考え込む目の前の男性が、どうも私の祖父で大賢者と呼ばれている人らしい。

呆けてないよね？

「お父さん、この娘がアメリア。お父さんの孫よ」

「はじめまして、おじいさま。アメリアともおします。おあいできてこおえいです」

失礼のないよう丁寧に挨拶をする。

相手はあの魔法大全の著者、大賢者リアンだよ。

大賢者と聞いていたから、もっと長い髭の白髪の老人を想像していた。

よ～く考えたら、まだ20代のお母様の父親なわけだし、旅仲間のアルトさんだってまだ50前だと思う。

大賢者のお祖父様と言っても、そんなに高齢なわけないよね。

お祖父様はインテリ系とワイルド系を足して2で割った感じの、ダンディな初老のオジサマといった感じで……。

ちょっと好みかも……。

「アリッサからの手紙で賢いとは聞いていたが……本当に賢いな」

お祖父様は初め、子供らしくない私の言動に戸惑っていたけど、私が魔法について研究していること、魔法大全の内容について疑問に感じていることなどについて話すと、私の話に見事に食いついてきた。

やはり、人と仲良くなるには趣味の話に限る。

すっかり魔法談義で私と意気投合したお祖父様は、塔の資料や実験施設についても自由にしていいと、色々と私に説明してくれた。

まず3階。

ここはお祖父様の生活空間?らしいんだけど、何かビジネスホテルみたいだった。

ベッドと食事用の小さなテーブルがあるだけ。

本当にただ寝るだけの部屋だ。

あとはトイレと浴室があるだけ。

ちなみに、この世界のトイレは汚物を魔道具で土に変えてしまうので不衛生ではない。

お風呂の方は一応あるにはあるのだが、こちらはそれほど頻繁には使われないとのこと。

別にお祖父様が不潔というわけではなく、それがこの世界の普通らしい。

うちのような貴族の屋敷とは違うんだって。

確かに魔法で水を作り出すことはできるんだけど、それで浴槽の水を溜めようとすると、結構な魔力を消費するらしい。

だから、普通は井戸から水を汲んでくることになる。

重たい荷物を運ぶのも軽量魔法があるから、私の想像よりはずっと楽らしいんだけど、それでも手間がかかることに違いはない。

だから、この世界ではそれほど頻繁にお風呂は使われないんだって。

で、次に2階部分。

お祖父様が初めにいた階だ。

ここには魔法に関する膨大な量の資料が集められていて、基本お祖父様はこの階で研究しているとのこと。

ちなみに、この階にはまだ使っていない空き部屋もあって、私の研究室として自由に使って構わないと言われた。

早速机や何かを運び込まねば！

次に1階。

来る時に通ってきた広いスペース。

あそこは魔法の実験場になっているらしい。

あの部屋には特殊な魔道具が設置されていて、撃ち出された魔法の効果を弱めちゃうんだって。

つまり、あの部屋でバンバン攻撃魔法を撃っても、壁やものがそれで壊れることはないということ。

ちなみに、ダメージが減少するのは魔法だけではないらしく、例えばあの部屋で誰かに思いっきり殴(なぐ)られても、軽く叩かれた程度にしか感じないらしい。

つまり、物理、魔法に関係なく、発生する力自体を弱めちゃうってことなんだと思う。

この魔道具に使われている魔法は、ビャバール商業連邦のとある神殿にのみ存在する魔法で、術者の魔力量にもよるけど、相手の攻撃をほぼ無効化してしまうことができるんだって。

ただ、完全に無効化するのにはそれなりの量の魔力を籠めなくてはならないから、これを魔道具で再現するのは不可能と言われていたみたい。

魔道具の核(コア)になる魔石の出力(しゅつりょく)は弱いからね。

その常識を変えたのが大賢者たるお祖父様。

魔法大全の印税と旅で作ったコネクションを駆使して、ただでさえ高価で希少な魔法無効化の魔法が籠められた魔石を複数かき集め、それを効率よく組み合わせることで実用に足る魔法無効化の魔道具を完成させた。

それまでは、そもそも1つの魔道具に複数の魔石を使うという発想自体がなかったから、お祖父様が生み出した魔法無効化の魔道具は、世の魔道具職人に大変な衝撃を与えたらしい。

結果、上位貴族の使う大規模魔法ですらほぼ無効化できてしまう実験施設の完成だ。

今ではこの魔法無効化の魔道具は、世界中の魔法の実験施設や軍の訓練施設で使われていて、新たにそういった施設ができるごとに、お祖父様のところには商業ギルドを通して魔道具の特許使用料が入ってくるんだって。

そうかぁ、この世界にも知的所有権とか特許とかの概念があったんだね。

私も何か有益な魔道具とかを作れば、将来は夢の印税生活も可能かもしれない。

よし、頑張って勉強しよう。

せっかく、お祖父様という魔法研究の大家がいるのだ。

この機会を利用しない手はないよね。

……と、そういえば、ちょうどこの魔法無効化の魔法で、よく分からないところがあったんだっけ。

確か、光がどうとか平穏がどうとかいうやつ。

魔法大全では光魔法に分類されていたけど、私の見解ではこの魔法は闇魔法なんだよねぇ……。

「魔法無効化の魔法って、闇魔法ではないのですか？」

案内してくれているお祖父様にそう訊くが、

「いや、これは光魔法だな。〝光よ、我らにとこしえの平穏を与えたまえ。全ての害意(がいい)より我らを守りたまえ〟だったかな」

そう、確かそんな呪文だった、けど。

「でも、それって闇魔法じゃないんですか？　呪文に闇の神の名が入ってますよね？」

そう尋ねるも、お祖父様はピンとこないのか首を傾(かし)げていた。

やはりお祖父様の認識では、あの魔法は光魔法らしい。

なぜか？

呪文の訳文で『光よ、』って言っているから。

その後、実際に魔法無効化の魔道具を使って、魔法の発動を見せてもらった。

お祖父様の言う通り、薄い光の靄が部屋を包み込んでいる様子は、確かに〝光魔法〟と言われる方が納得のいくものだった。

でも、あれは間違いなく闇魔法だと思うんだよねぇ……。


そんなお祖父様との初顔合わせのあとも、私は毎日賢者の塔に通っている。

ちなみに、お祖父様のところにではない。

塔にある私の研究室にだ。

別にお祖父様と仲が悪いってわけでもないんだけど、お互いに研究の邪魔はしないというスタンスで程よい距離感を保っている。

相手の意見が聞きたければ訪ねてくけど、特に用がなければ干渉はしない。

祖父と孫の関係としてはどうなのだろうという気もするけど、お互いに居心地（いごこち）がいいのだから問題はないだろう。

「まったく、まさか賢者様が2人になるとは思いませんでした。お昼はお嬢様の分もここに用意してありますので、しっかりと召し上がって下さいね。食べずに残していたら、奥様に言いつけますからね」

3階のお祖父様の部屋を簡単に片付けると、若い侍女さんはそう言って帰っていった。

さて、これでここにいるのはお祖父様と私だけ。

つまり、完全に自由だ。

夕方になると大抵サマンサかアルトさんが迎えに来るので、それまではこの塔にこもって研究を続けることになる。

最初のうちは侍女の誰かが付き添っていたりしたんだよ。

でも、私は喉（のど）が乾（かわ）けば勝手に自分でお茶を淹れるし、それ以外は大抵研究をしているか、1階の広間を使って太極拳の練習をしているかだからね。

最近は、お屋敷の侍女さんたちも、用が済むと私を残してお屋敷に戻ることが多い。

私は調べかけの資料を広げて、呪文の中に含まれる未だ意味の判明していない単語を、資料の中から探していく。

特に注目しているのが、光の神を表す〝умножение〟と、闇の神を表す〝разделение〟だ。

この単語は、神殿の壁に彫（ほ）られている様々な創世神話の中で一対（いっつい）の最高神としてよく登場するので、意味の特定は早かった。

ただ、この最高神が実際には何を司っている神様なのかがよく分からない。

実は、光の神の名前は呪文の中に散見している。

しかも、その名が含まれる呪文の多くは光とは関係ないし、呪文の訳の中にも光という言葉は出てこない。

さらに意味不明なのが、明かりを灯すライトの呪文には、光の神の名は含まれていないということ。

ついでに言うと、先日お祖父様が言っていた魔法無効化の光魔法には、光の神の名は含まれておらず、代わりに闇の神の名が含まれているのだ。

もうここまで来ると、〝умножение〟、〝разделение〟が、本当に光や闇を表しているのかも疑わしいわけで……。

「ああ！　もうワケ分かんない！　……踊ろう」

私は読みかけの資料を放り出すと、1階に降りていく。

そして始める、いつもの太極拳。

立禅、そして套路。

体の中の熱を感じながら、ゆっくりと体を動かしていく。

魔力の微弱な流れをコントロールしていく……。

そう、魔力だ。

この世界で太極拳を始めた当初、この体の中の熱はいつもの〝気〟だと思っていた。

それが実は魔力だと気がついたのは、この実験場に備えつけられた魔道具の光の波動を感じた時。

なんだか、前世のお祖父ちゃんと推手（すいしゅ）をしているような感じがした。

自分の中の〝気〟と自分の皮膚から伝わる〝気〟が、せめぎ合ったり融（と）け合ったりする感じ。

この空間を満たしているものが魔力だというのなら、私が感じている熱の正体は魔力だ。

日本にいる時に感じた〝気〟と、この世界のアメリアの体で感じている〝気〟が同一のものかは分からない。

でも、少なくとも今太極拳の練習で感じている熱が、魔力であるのは間違いないと思う。

私の中の魔力は相当少ないらしいけど、少なくともその存在を感じ取ることだけはできる。

魔法を使う上で、魔力操作はとても大切らしいからね。

単なる運動不足の解消というだけでなく、太極拳は将来魔法を使う上でも有効な練習手段になると思うのだ。

そんなことを考えつつ、私は日課の運動に精を出した。

夕方になると、いつものお迎えがやってきた。

今日のお迎えは、アルトさんだ。

一緒にレオ君もついてきている。

レオ君というのは、アルトさんの息子のレオナルド君のことで、今は一緒にお屋敷で暮らしている。

私より1つ年上の男の子だ。

まあ、年上といっても、〝頭脳は大人〟の私の感覚では、小さな男の子にしか見えないんだけどね。

アルトさんは公爵家に仕(つか)える騎士ということになっているので、一応レオ君も私の家に仕えているって扱いにはなるんだけど……。

そこはまだ5歳児ということで、あまりうるさいことは言われていない。

ただ、私やお母様には丁寧に接しなさいと言われる程度で、特に何か仕事を与えられているわけでもない。

せいぜいアルトさんが手の空いた時に剣の稽古をつけるくらいで、あとは特にすることもないみたい。

一応、将来は私の側近にと考えられているらしいけど、周囲もそれを強制する気はないらしいので、今のところは様子見というところだね。

私も今のところは自分の魔法の研究で忙しいので、正直あまり構ってあげていないんだけど……。

これからのことを考えると、そろそろ少し積極的にコミュニケーションを取った方がいいのかもしれない。

アルトさん、レオ君といつもの道を帰りながら、そんなことを考えていた。


毎度お馴染みの賢者の塔。

お祖父様に負けず劣らずの見事な引きこもり生活だ。

子供は外で遊ぶもの？

いえいえ、貴族の子女はそんなことはしないんですのよ。

まあ、毎日暗い塔に引きこもって研究もしないけどね。

健康に悪いって？

心配ご無用。

最近の私はちょっとアクティブだ。

今日も2階の研究室ではなく、1階の実験場の方に詰めている。

また太極拳の練習かって？

違うんだなぁ、それが。

なんと！

魔法の実験と練習をしているのだ！

私もついに5歳となり、先日やっと神殿で〝解封(かいふう)の儀〟を行うことができた。

とは言ってもね……。

この町の神殿って、所謂無人駅状態で、神官が住んでいるわけでもなんでもない。

そもそも、この町って領都に指定される前は、ただの辺境の漁村だからね。

元々大きな神殿があったわけでもなんでもない。

だから、〝解封の儀〟といっても、ただお母様と神殿に行って、お参りしてきただけ。

「5歳になりました。これから神様の呪文を使わせていただきます」

って感じで、祭壇に向かってお祈りして終わり。

でも、不思議なことに、5歳を過ぎて神殿でこのお祈りをしたあとでないと、なぜか石板に触れても呪文の声が聞こえてこないんだって……。

さすが、魔法の石板だ。

ともあれ、無事に〝解封の儀〟も終わり、これで晴れて呪文の声を聞けるようになった。

ついでに言うと、声が聞こえるのは呪文の石板だけではないんだよね。

なんと、神殿の壁に彫られた創世神話や神々の啓示みたいなのも、指を触れるとしっかり頭の中に声が再生されたのだ。

ちなみに、初めて石板に触れて頭の中に神々の声が響くと、みんな驚いたり感動したり怖がったりと、色々と大変らしい。

私？

どう考えても音声読み上げ機能つきの電子ブックにしか感じられなくて、正直感動とかはあまりなかったかな。

それでも、この音声読み上げ機能には非常に満足している。

それというのも、この読み上げ機能、一文字ごとに再生が可能だったのだ。

つまり、書かれた呪文に触れるとその呪文が聞こえるというのではなく、触れた文字ごとに音が再生される。

普通は呪文の文字列を指でゆっくりなぞっていくらしいんだけどね。

ただ、一文字ずつ止めながら再生させても、しっかり押さえた文字の音を再生してくれたのだ。

で、私が何をしたかって？

神殿中を回って、全ての文字に発音記号をつけていきました。

神様語の文字の発音は、ほぼ英語の発音記号で置き換えることができましたよ。

この世界の言語は、全て〝子音＋母音〟で音を作っている。

まあ、日本語と同じだね。

それに対して、神様語の方は英語と同じで、〝子音のみ〟でも発音するようにできていた。

ついでに、母音の種類も倍以上あった。

これでは、この世界の人たちが神様語の発音を上手く聞き取れないのも無理はない。

日本人のお年寄りの英語が、カタカナ英語になってしまうのと同じだ。

特にこの世界の人たちは、自分たちが使う言葉以外の発音を、呪文以外で聞くことがないからね。

上手く聞き取れないのが当たり前なんだろうね。

でも、私は違う！

英語の発音記号も発声の仕方も、前世でしっかりと勉強してきている。

だから、神様語の発音もしっかり聞き分けることができた。

その日のうちに全ての文字に発音記号を振った私は、翌日、塔の実験場で早速魔法大全にある呪文を実際に読んで試してみた。

結果は上々。

自分で振った発音記号通りに魔法大全に書かれた呪文の原文を読んでみたら、問題なく魔法は発動した。

威力は超しょぼかったけどね……。

私の魔力は本当に少ししかないようで、最初の日など、一度魔法を使っただけで魔力切れでへたり込んでしまった。

これでは実験にならないので、今は特定の魔法で染められていない、純粋な魔力だけを籠めた魔石を使って実験を行っている。

所詮は出力の弱い魔石の魔力なので、相変わらず呪文の威力はしょぼいんだけどね。

どうせ、自分の魔力を使っても結果は同じだし、魔法の検証をするだけなら威力はあまり関係ないので無問題（モウマンタイ）だ。

様々な魔法を実際に自分で使ってみての印象や、籠めた魔力の量による効果の違いなどを、お祖父様の研究資料なども踏まえながら検証していく。

ちなみに、お祖父様の実験データよりも、私の実験データの方がずっと正確だ。

これは、〝実験〟というものについての認識が、前世知識を持つ私の方がしっかりしているから。

例えば、同じ条件下で1つだけ条件を変えて同じ実験を行うことで、変えた条件の性質を絞り込んでいく所謂〝対照実験〟。

日本では義務教育でも習う科学的なものの考え方の基本だけど、科学がほとんど発展していないこの世界にはそういった発想がない。

「たくさんの魔力を籠めたら、こんなすごい破壊力が出た」とか……。

「この魔法を使ったら、こんなことができた」とか……。

ただなんとなく思いつくままに試してみて、その結果をまとめていくだけ。

お父様のお仕事を手伝った時にも感じたけど、どうもこの世界には実験に指向性を持たせるとか、仮説を立てて実験で実証するとか、そういった科学的な思考が決定的に欠けていると思う。

これ、魔法の弊害なんだろうけど……。

魔力を籠めて適切な呪文を唱えれば、ただイメージするだけで火だって熾せちゃう。

それどころか、設計も技術もすっ飛ばして、この塔みたいな巨大建築物だって建てられちゃうのだ。

科学的思考なんて、育つはずもない……。

前世の世界だって似たようなもので、みんな当たり前のようにインターネットで色々調べていたけど、インターネットの仕組みなど誰も気にしていなかった。

結局、〝科学ありきの世界〟か、〝魔法ありきの世界〟かの違いだけなんだよね。

大半の人にとっては便利だし、特に困らないのだから、それでいいだろうということだ。

私だって、自分の魔力量の問題がなければ、ここまで魔法の研究にのめり込んだりはしなかったと思う。

ともあれ、ただ闇雲(やみくも)に魔法の結果だけを集めたお祖父様の研究資料に対して、最初から実験に指向性を持たせた私の実験データの方が、遥(はる)かに効率よく魔法の真実へと近づいている。

お祖父様には申し訳ないが、お祖父様が長い時間をかけて辿り着いた結論に、私は一足飛びに辿り着くことができている。

そして、もう1つ。

これは不幸中の幸いと言うべきか、私の最底辺の魔力量は、魔法の実験には非常に向いていたのだ。

かなり繊細な魔力操作ができるから。

皆が体重計で重さを測っているところで、自分だけ電子はかりで重さを測るようなものだ。

どんなものでもそうだけど、大きなものはどうしても認識が大雑把になるし、細かな違いは分かりづらくなる。

大体500MPくらいの魔力で作った大きな炎と、大体1000MPくらいの魔力で作った大きな炎を比較するよりも、正確に1MPで作った小さな炎と、正確に2MPで作った小さな炎を比較する方が、遥かにその違いは計測しやすいのだ。

私は前世知識とこの微弱な（泣）魔力を駆使して、黙々と実験を繰り返した。

そして、ついに発見したのだ！

私の魔力量の問題を一気に解決する、ある魔法の秘密を！


私が発見した魔法の真実。

それは、〝光の神〟と〝闇の神〟の正体というか、働き
にについて。

創世神話にも出てくる光の神の名である〝умножение〟と、闇の神の名である〝разделение〟。

これらが本当に神様の名前なのか、単に魔法の仕組みを神話風にデフォルメして、魔法の効

果を擬神化しただけなのかはよく分からない。

でも、光の神と闇の神が何を表しているのかは判明した。

〝掛け算〟と〝割り算〟だ！

「はぁ？」て感じだけど、これが真実。

どうもこの単語を呪文に挟むことで、効果を何倍にも増やしたり、何分の１にも減らしたりできるらしい。

例えば、ファイアボール。

今まで考えられていたのは、単純に魔力を炎に変える魔法ということ。

でも、実際は違う。

これは今ある熱量を、籠めた魔力で何倍にも増やす魔法だ。

どれだけの魔力で何倍になるのかは魔法によって異なるけど、分かりやすくざくっと言ってしまうと、５００ＭＰの魔力を籠めれば今ある熱量が５００倍に、１０００ＭＰなら１０００倍に膨れ上がるという感じだ。

１０００の魔力を１０００の炎に変えるのではなく、１の炎を１０００倍にするというのが、ファイアボールの呪文の正体だ。

で、この掛け算の働きをしているのが、光の神を表す〝умножение〟ってわけ。

では、次に闇の神。

こちらは光の神とは性質が真逆で、割り算を表す。

籠めた魔力で効果が割り算されてしまうのだ。

例えば、１０００ＭＰで作ったファイアボールも、１００ＭＰの魔力を籠めた闇の神の名前〝разделение〟を挟むことで、効果が10になってしまうってこと。

これを利用しているのが、この実験場にも設置されている魔法無効化の魔道具だ。

確かに２ＭＰ程度の魔力では、威力を半分にしか落とせない。

でも、10個並べれば、２の10乗で１０２４分の１にすることができる。

上級貴族の魔法でも打ち消せるようになるだろうね。

とにかく、これでずっと謎だった光の神と闇の神の正体も分かった。

ついでに言うと、どうして光の神は全然光と関係ない呪文にも頻出するのか？

同じ最高神なのに、闇の神をほとんど見かけないのはなぜか？

これらの疑問にも納得いった。

魔法の効果を減らしちゃうんだから、それは登場する機会も少ないだろう。

闇の神、不憫な神様だ。

まるで貧乏神みたい……。

でも！

私にとっての闇の神は、正に福の神！

文字通り、救いの神だった。

最初はほんの思いつきの実験だったんだよ。

闇の神の呪文を検証するにあたって、まずファイアボールの呪文の中の光の神（掛け算）の部分を闇の神（割り算）に変えてみた。

呪文の一部を闇の神（割り算）に変えると、２ＭＰの魔力のファイアボールは、同じ魔力を籠めた通常のファイアボールの大きさの４分の１になっていた。

ここまでは、光の神と闇の神の効果を確認するための普通の実験。

で、ふと閃（ひらめ）いた。

１ＭＰより小さい魔力で割ったら、どうなるのだろう？

体内の魔力の熱に意識を集中し、感覚を限界まで研（と）ぎ澄（す）ます。

そして、小さく小さく絞り込んだ魔力を、ファイアボール改（かい）の呪文に籠めて詠唱（えいしょう）してみた。

超びっくりした!!

いきなり私の体なんて余裕で包んじゃう大きさの火の玉が、目の前に現れるから！

咄嗟に、『あっち行け！』って思って手を振ると、火の玉はまっすぐ飛んでいって……。

目の前の壁にぶつかると、魔法無効化の魔道具の効果であっさり消滅した。

よかったぁ……。

念のため、魔法無効化の魔道具作動させといて。

そうじゃなきゃ、今ごろ塔の壁に大穴空けてお母様に大目玉だった。

でも、今の結果は、多分間違いない。

1より小さい数で割ると、元の数よりも大きくなる。

日本でなら小学校を卒業していれば誰でも知っている算数だけど、まさかこんなこじつけみたいな方法で魔力を増やすことができるとは……。

そうは言っても、現実に計算通り？の結果が出ているのだから、これがこの世界の真実なのだろう。

さすが、不思議魔法世界である。

その後も何度か同じ実験を繰り返したが、やはり結果は同じだった。

間違いない。

これで実質的に私が扱える魔力は、格段に跳ね上がる。

私の魔力量に関する問題もなんとかなる。

ふぅと息をついてふと横を見ると、そこには、唖然とした顔でこちらを見つめるお祖父様の姿が……。

「…………アメリア、今の、魔法は、一体……？」

この目で見たものが信じられないといった顔で、呆然と呟くように尋ねてくるお祖父様。

「えっとぉ……ファ、ファイアボールです。すごいでしょ？」

子供が上手に魔法を使えたことを素直に自慢しているという感じで、無邪気に答えてみる。

「……アメリア、上でちょっと、お祖父ちゃんとお話ししようか」

「……はい」

お祖父様にドナドナされた私は、今、お祖父様の研究室の椅子に差し向かいで座らされている。

なんか、気まずい……。

「さて、では、先程アメリアが使った魔法の威力。あれがどういうことなのか、説明してくれるかな……？　魔法の規模は呪文に籠めた魔力量によって決まる。どんなに器用であろうと、材料がなければものは作れない。あんな大きさのファイアボールをアメリアの魔力量で作るのは、絶対に不可能だ。

私と同じように魔法の研究をしているアメリアにも、当然分かっているだろう？　そんな非現実的な光景を目の前で見せられて、すごく混乱しているお祖父ちゃんの気持ちは、アメリアにも理解できると思うのだが……」
なんとか自分を落ち着かせようと、色々と言い募るお祖父様。

さて、どうしたものか……。

別に本当のことを言ってしまっても構わないんだけど、これってどうなんだろう……？

とんでもないパラダイムシフトを引き起こす案件だと思うんだよね。

文字通り、今までの価値観が１８０度変わってしまう可能性がある。

今まで二桁と馬鹿にされていた人たちが、上級貴族並みの攻撃魔法を撃てるようになる……。

今まで大量に必要だと思われていた魔力が、極少量で済んでしまうようになる……。

うん、社会制度も経済も大混乱だ。

現支配階級の崩壊に、魔力の価値低下に伴う通貨の大暴落。

せっかく全体としては平和を維持している世界を、敢えて壊す必要はないだろう。

二桁と言われている人たちだって、別に皆が皆生活に困窮しているわけではないみたいだし……。

魔法以外の技術や能力で立派に生活している人も多いらしいし、個人の努力でなんとかできる範囲のハンデならば、それは個人の問題だろう。

冷たい言い方だけど、今の世界を壊してまでなんとかしてやる義理はない。

私だって命が惜しいしね。

下手なことをして国中の貴族に命を狙われるのは御免だし、敢えて火中の栗を拾うこともないよね。

うん、これは秘匿の方向で。

一通り考えをまとめ終えると、私はおもむろに例の呪文を唱えた。

「あれは、ゆめの中でめがみさまにおしえてもらったじゅもんです」

「…………」

あれ？

お祖父様の目が何やら厳しい。

もしかして、信じてない？

私の必殺の呪文が効かないなんて！

さすがは大賢者、なかなかできる。

って、どうしよう……。

お父様やお母様には問題なく通用した言い訳だけど、どうもお祖父様には無理っぽい。

困った。

思わず目を逸らした私に、お祖父様が優しく話しかけてきた。

「別にアメリアを責めているわけでも怒っているわけでもない。むしろ、今まで大きな魔法を使うことは難しいと思っていたアメリアがあんな魔法を使えて、その点は純粋にうれしいと思っている。

ただ、問題はそんなに単純な話ではないんだよ。もし、アメリアのように低い魔力の者にも貴族並みの魔法が使えるとなったら、この世界は大変なことになってしまうかもしれないんだ。だから、そうならないためにも、アメリアにはどうしてあのような魔法が使えたのか、正直に答えてもらいたいんだよ」

「…………」

さすがは大賢者と言われるお祖父様だ。

ただの引きこもりの魔法オタクではなかったらしい。

本当に私の祖父にしておくにはもったいない人だ。

私が前世の年齢のままだったら、放っておかないところだ。

お祖父様が私と同じことを考えていると分かって、私は改めて自分の発見した魔法の秘密について、お祖父様に正直に説明した。

うん、かなり驚いていたよ。

光の神、闇の神の魔法効果や呪文の仕組みについてもだけど、〝1未満の数で割る〟という発想にも相当驚いていた。

というか、初めは1未満の数での割り算自体が、お祖父様には理解できなかった。

確かに、実生活では思いつかない発想だよね。

特にこの世界では数学もあまり発展していないから、学院のレベルでも整数の四則計算がせいぜいだ。

税や商取引に使う割合にしても、10個に分けたうちの幾つという考え方をしているくらいだからね。

1未満の数で割るなんて計算は、お祖父様だけでなく、数学者以外の一般人は誰もできないそうだ。

ともあれ、一応の魔法の仕組みについて理解してくれたお祖父様と、私はこの魔法の扱いについてよ～く話し合った。

で、結論。

当面は、〝女神様に習った〟で、押しきることになった。

結局、いつもと同じじゃん。

1つには、私の割り算の理屈が、この世界の人たちには非常に理解しづらいこと。

そして決定的なのが、石板にはない勝手にアレンジした呪文を唱えることなど、私以外には誰にもできないということ。

どうせ誰にも使えないのなら、女神様に習ったで問題ないだろうということで話がまとまったのだ。

一通りの話が終わって一息ついたところで、お祖父様が深いため息をついた。

「結局、大してアメリアの役には立てなかったか……。お祖父ちゃんがなんとかしてやる前に、自力で解決してしまうとはな」

最近のお祖父様の研究テーマである魔石の利用方法に関する研究は、実は私が産まれてから始めたものらしい。

孫の魔力が少ないと聞いたお祖父様は、魔石の発する魔力の量を多くすることで、誰でも大きな魔法が扱えるようになれば……。

この国の民の魔力が他国と比べて高い原因が魔石の山にあるのなら、魔石を上手く活用することで個人の魔力も上げられるのでは……？

そう考えて、魔石の研究を行っていたらしい。

全て、魔力の低い私をなんとかしてやろうと考えてのことだ。

自分が解決してやるより先に、まさか5歳の孫に自力で解決されてしまうとは思わなかったと、お祖父様は笑っていた。

この世界に転生してから5年。

チートどころかハンデを背負わされまくっている私だけど、1つだけ本当に恵まれていると感じることがある。

この世界での私は、本当に身内に恵まれている。

それだけは、この世界に転生させてくれた神様に大感謝だ。

＊＊＊＊＊

その日、いつもの水汲みを終えた私は、井戸端で話し込む近所のおばさんたちの話を、なんとはなしに聞いていた。

ここ数日の話題は、もっぱら今度やってくるという公爵様の奥様とその子供のことばかり。

今この町を治めてくれている男爵様はどうもその公爵様の代わりらしくて、今男爵様が住んでいるお屋敷も本来の持ち主は今度来る公爵家の人たちなんだって。

どんな人たちなんだろう。

怖い人たちでなければいいけど。

なんでも公爵の奥様は塔に住んでいる賢者様の娘で、元平民なんだって。

だから、貴族といっても横柄な態度はとらないだろうし、男爵様も、そんな人ではないから安心するように、と言っていたって聞いた。

だから、多少不安はあるけど多分大丈夫だって、近所の人は言っている。

本当にそうなのかなぁ……。

私が王都で見た貴族は、とても偉そうだった。

お父さんは、貴族には近づいてはいけないし、じっと見るのもダメだと言っていた。

男爵様が特別で、普通の貴族はあんなに優しくないって。

この町の人たちは、貴族は男爵様しか知らないから仕方がないけど、王都では気をつけなさいって注意されたことがある。

お父さんはこの町でお店をやっていて、年に何回か仕入れのために王都に行っていた。

私もお父さんと一緒に、王都には何度か行ったことがある。

王都はとても大きくて、たくさんの人がいた。

貴族を見たのもその時だ。

お父さんのお店よりずっと大きなお店の人が、貴族の人に何か言われて一生懸命謝(あやま)っていた。

とても怖そうで、すぐに見るのをやめた。

もし、あれが普通の貴族なら、本当に大丈夫かと心配になる。

いつまで私が今みたいに暮らしていけるか分からない。

半年前に、お父さんが死んだって聞かされた。

魔獣に襲われたんだって。

『今回の荷物はちょっと急ぎなんだ。ちょっとだけ頑張って移動しないといけないから、今回は町で留守番していてね。近所の人には、よろしく頼んでおくから』

そう言って、お父さんは出かけていった。

お母さんは私が小さい頃に病気で死んでしまって、私はずっとお父さんと2人で暮らしてきた。

お父さんもお母さんも元々はこの町の人ではなかったらしいんだけど、ここに公爵様のお屋敷ができた時に2人でこの町に引っ越してきて、お店を開いたんだって。

それまでこの町にはお店がなかったから、町の人たちはとてもよくしてくれたってお父さんが言ってた。

お母さんが死んじゃったあとも、私が小さい時にはお父さんが仕入れで王都に行っている間は、近所の人が面倒を見てくれていた。

『もちつもたれつだから』って、近所のおばさんは言っていた。

意味はよく分からないけど。

ただ、最近は私も大きくなって体力もついたし、軽量魔法を覚えて荷物を軽くするお手伝いもできるようになったから、仕入れの時にもお父さんに連れていってもらうことが増えた。

だから、今回はたまたまだ。

ちょっと急ぎの仕事で、行きの護衛の都合はつかなかったけど、帰りは公爵邸の定期便と一緒だから大丈夫だって言ってたのに……。

あれから半年、食事の世話やなんかは近所のおばさんたちが、かわりばんこにしてくれている。

その代わりに、水汲みなんかの私にできるお手伝いをしてなんとかやってきた。

私は軽量魔法が使えるから、まだ7歳の私でも水汲みなんかの力仕事もちゃんとすることができるのだ。

それも、いつまでできるか分からないけど……。

最近、軽量魔法が上手く使えない時がある。

多分、呪文がおかしくなってきているんだと思う。

軽量魔法の呪文は町の神殿にはなくて、お父さんと王都に行った時に、王都の神殿で覚えてきた。

だから、この町の人たちも軽量魔法は使えなくて、だから、『レジーナが重たいものを持ってくれて助かる』って、近所の人たちも言ってた。

でも、それもいつまで続くか分からない……。

きっとそのうち、私は軽量魔法を使えなくなっちゃうから。

それに、この前男爵様と近所の人が、私のことを話しているのを聞いてしまった。

私は、本当はもっとたくさん男爵様から渡された魔石に魔力を籠めないといけないんだって。

「お手伝いができなくなっても困るから、寝る時に余った分の魔力だけ魔石に注いでおけばいいよ」

って言われてたのに、本当はそれではダメらしい。

それに、私の食事のお金も、実は私が渡した魔力から、男爵様が近所の人たちに支払ってくれていたんだって。

それまで、お父さんが死んだあとも、自分1人でなんとかやってこられたと思っていたのに……。

結局、男爵様や近所の人たちが面倒を見てくれていただけだったのだ。

もし、男爵様が面倒を見てくれなくなれば、私は明日から生きてはいけなくなってしまうだろう。

今度やってくる貴族の人たちが、男爵様のようにいい人なら問題ない。

でも、もし王都で見たような貴族なら、きっと私は生きていけなくなる。

いくら男爵様が庇ってくれても、公爵様がダメって言えばダメなのだ。

どうしよう……。

そんなことを考えていると、ふと良い考えが閃いた。

そうだ、公爵様の子供と仲良くなればいい。

最近は色々あってあまり遊ばなくなったけど、昔は男爵様の子供のレオ様ともよく一緒に遊んだ。

男爵様の……本当は公爵様のお屋敷らしいけど、お屋敷にも何度か遊びに行って、男爵様ともお話ししたりした。

お父さんが死んだ時にも親切にしてくれたけど、あれは私がレオ様と友達だったからかもしれない。

なら、もし私が公爵様の子供と友達になれれば、そうすれば公爵様にも男爵様と同じように面倒を見てもらえるだろう……。

公爵様の子供は女の子で、確かもうじき5歳になるって聞いた。

ちょっと年下だけど、同じ女だし、きっかけさえあれば仲良くなるのは簡単かもしれない。

でも、相手は貴族だし、ただお屋敷に出かけていってお友達になりましょうと言っても、相手にされないだろう。

何かきっかけがあれば……。

近所のおばさんたちの話を聞きながら、私は必死に作戦を考えていた。

6章　初めての側近

光の神と闇の神の呪文の仕組みが解明され、私の魔法研究も最終段階に入りつつある。

既に魔法大全にあった全ての魔法の検証は終わり、今はそれらの呪文に私用のアレンジを加えている最中だ。

たくさんの魔力が必要とされているほとんどの魔法は、間に闇の神の呪文を挟むことで私にも問題なく使うことができた。

また、呪文自体をいじらなくても、単純に魔力操作を上手くするだけで、少ない魔力で使えるようになる魔法が意外と多いことも分かった。

代表的なものが、対象に影響を与える加工系の魔法だ。

例えば、最もポピュラーな加工系の魔法である金魔法。

金属をイメージ通りに整形する魔法だ。

この魔法を使うためには、まず整形したい金属に自分の魔力を行き渡らせないといけない。

自分の魔力を流し込み、疑似的に支配下に置く。

その上で自分のイメージ通りに形を変えるよう呪文で命令する感じだ。

この魔法になぜたくさんの魔力が必要かというと、金属に魔力を流し込む際に、金属からの抵抗を受けるから。

『そんなに簡単には支配されないぞ！』って感じである。

で、これを大量の魔力で捩じ伏せて、強引に支配下に置くわけ。

ちなみに、影響を与えたいものの種類や大きさ、使う呪文によって抵抗は違うけど、ものに影響を与える系の魔法は、ほぼこのプロセスを行うことになる。

つまり、この抵抗の大きさによって、必要な魔力量が決まるんだけど……。

要は、相手に抵抗されなければいいんだよね。

こちらの魔力が衝突しないように上手く相手の抵抗をいなしながら、相手に気づかれることなく支配下に置いてしまえばいい。

これ、太極拳のお家芸だから。

相手の力に逆らわず、逆に相手の力を利用していく。

武器を使う時には武器の先にまで自分の〝気〟を通し、武器を自分の体の一部として扱う。

相手の体も自分の一部であるようにイメージすることで、相手の体のコントロールを奪っていく。

太極拳の推手の要領で、対象との魔力の衝突を避けながら薄く薄く自分の魔力を浸透させれば、ほとんど魔力を使うことなく対象支配系の魔法は使うことができた。

そんな感じで、ある呪文にはアレンジを加え、ある呪文は使い方を工夫し、今では魔法大全にあるほとんどの呪文を問題なく使えるようになっている。

元々私は全属性で魔力に癖がなかったし、魔力操作（気の操作）に関しては前世からずっと練習してきていたからね。

1つ魔法というものの特性を掴んでしまえば、あとは早かった。

どんな勉強もそうだけど、最初、分かり出すまでは大変だけど、1回分かり出すと早いんだよね。

ともあれ、もうそろそろ魔法の研究は、一旦終わりにしてもいいかな。

魔法の練習自体はこれからも続ける必要があるけど、当初の目的だった私の魔力量の問題は解決できたわけだしね。

それでも、私の魔力量が少ないこと自体は変わらないし、公爵家に対する風当たりもある。

まだ油断はできないけど、それでも貴族としての私の力不足云々は、ある程度回避できるんじゃないかな。

実際に、貴族並みの魔法が使えるわけだからね。

がたがた言ってきたら、実力で捩じ伏せてしまえば大丈夫だろう。

そうなると、次に考えなければいけない問題は……。

そんなことを考えていると、お屋敷から今日のお迎えがやってきた。

レオ君だ。

「あれ？　今日は1人？　アルトさんは一緒じゃないんだ」

「ああ、今日はお前1人で行ってこいって父さんに言われた」

「ふ～ん」

最近、毎日ではないけど、レオ君が1人で私を迎えに来ることがあるんだよね。

一応帰りの護衛ということなんだけど、レオ君はまだ6歳だ。

アルトさんに剣術と魔法は習っているらしいんだけど、多分、私より弱い。

今の私は中級貴族が使う程度の魔法なら余裕で使えるし、武術歴も前世を入れると遥かに上だ。

そもそも、そんなことは抜きにして、普通に考えてただの6歳児に護衛が務まるわけがない。

大体レオ君だって貴族なんだから、本来はこの子だって護衛対象だ。

そんなわけで、最初は気がつかなかったんだけど、離れたところでしっかり大人の護衛がついてるんだよね。

だから、このレオ君のお迎えは私のためというよりは、むしろレオ君自身の教育の一環らしい。

「公爵家に仕える騎士として、次期当主であるお嬢様をしっかりとお守りするように」と言われてるって、レオ君が言ってた。

レオ君自身は、どうも私のことを主人とは思っていないみたいだけどね。

前にアルトさんが申し訳なさそうに、こっそりと教えてくれた。

『貴族というのは町の人たちを守るためにいるんだから、弱いやつは貴族じゃない。ろくに魔力もないくせに体も鍛えないで、毎日塔の中で本ばかり読んでるようなやつはダメだ』

まあ、そういうことらしい。

アルトさんは私が自分の魔力の不足を補うために魔法の研究をしていることも、それが結果としてこの町を守ることに繋がることも知っている。

ついでに言うと、レオ君が変な踊りだと思っている太極拳が実は武術であるということも、アルトさんは知っている。

型は違うけど、似たような力の使い方をする武術が倭国にもあるそうだ。

お祖父様と倭国を旅した時にしばらく習っていたことがあるから、それがただの踊りでないのは見れば分かるんだって。

ただ、いくらアルトさんが説明してもレオ君は信じないらしくて、この町は自分が守るから私は必要ないってことらしい。

別に私に何かしてくるわけではないんだけど、扱いはあくまでも〝主家のお嬢様〟で、〝将来の主人〟ではないってこと。

お父様やお母様、それにアルトさんは、レオ君を私の護衛騎士に、将来の側近候補にと考えているみたいなんだけど……。

ちょっと先行き不安だね。

側近候補かぁ……。

これもそろそろ真面目に考えないとね。

普通の上位貴族の場合、将来自分の手足となって働いてもらう側近候補は、まだお互いが小さいうちに同派閥の中から選ばれるんだって。

初めは学友として仲を深めて、その中で徐々にお互いのことを理解していく。で、お互いにこの人ならと思える相手が将来の主人、側近になるんだって。

私の場合、そういう候補がいないんだよね。

王都にいた時にはそういう話もいくつか来たらしいけど。

どれも悪意満載で、お父様が全部断っていた。

このセーバの町にはそういう輩はいないけど、その代わりにそもそも貴族がいない。

私の側近候補になれそうなのって、現状レオ君だけなんだよね。

お父様、お母様も色々と考えてはくれているらしいんだけど、現状では打つ手なしらしい。

う～ん、次の課題は側近の確保、というか、周囲の足場作りかなぁ。

そんなことを考えながら、私の少し前を黙って歩くレオ君の背中をぼんやりと眺めていた。

そんな中、今は閉まっているお店の前を通りかかった時に、それは起こった。

お店の前で所在なく佇んでいた女の子が、私の方を見ると何かに気がついたように近づいてきたのだ。

「ん？　レジーナ？」

近づいてきた女の子に気づいたレオ君が声をかけるが、その女の子はそんなレオ君を無視して私の服の背中の辺りに手を触れた。

咄嗟に振り返る私に、逆に驚いた様子を見せる女の子。

「ごめんなさい、おどろかせちゃって。わたしはレジーナと言います。

お嬢さまのお洋服にひどいよごれが見えたものだから……。わたしは服のよごれをきれいにする魔法が使えますから、よろしければすぐにきれいにできますよ」

ああ、この子、土魔法が使えるのか。

土魔法は土の中から自分が望む金属を取り出す魔法だ。

一応基本魔法になるので、大抵どの神殿にも土魔法はある。

ただ、火魔法や水魔法と違って、土魔法は鉱山以外ではあまり使われない魔法のため、覚える者は少ないのだ。

ただ、土魔法にはあまり知られていないだけで、意外と便利な使い道がある。

その1つが、洗濯の魔法。

土魔法は魔力を通した物体の中から自分が望むものを取り出す魔法だから、服の繊維から汚れを取り出すこともできる。

この子は、その魔法を使おうとしているのだろう。

改めて私の服の汚れに触れようとする手を、私は軽く払い除けた。

「けっこうよ。わたしの服にふれないで」

そう言うと、私は女の子を無視してさっさと歩き出す。

後ろではレオ君が私と女の子に何か言っているけど、とりあえず無視した。

ついでに、物陰からこちらを見ていた護衛の人には、軽く首を振って何もしないように頼んでおいた。

それにしても、ああいうの、この世界にもあるんだね。

いや、人が考えることなんてどこも同じか。

前世でもよく見た手口だ。

わざと手を汚しておいたり、靴墨なんかを隠し持っていたりして、近寄ってきた子供がこちらの服の見えない部分をわざと汚す。

次に仲間か本人かがそ知らぬ顔でその汚れを注意してきて、きれいにしてあげるからと親切そうに言ってくるのだ。

その後は下手な染み抜きをした上で法外な代金を請求されるか、悪質なものになるとそのまどこかに連れ込まれるか……。

似たような手口で服やリュックを破る、靴を壊すなんてのもあったけど、手口はどれも同じ。

要は自作自演だ。

あの女の子はこの町の子供で、レオ君の知り合いっぽかった。

ああいう商売は一見の何も知らない旅行者相手でないと成り立たないから、知り合いだらけで外から人が来ることがないこの町では、職業としては厳しいはずだ。

とすると、私に個人的に用があったってことかなぁ……。

とりあえず、お屋敷に戻ったらアルトさんに何か知らないか訊いてみるか。

恐らく私がとった態度が気に入らないのだろう、不貞腐れた様子で後ろをついてくるレオ君を無視して、私はお屋敷への道を急いだ。

夕食のあと、レオ君には気づかれないように注意しつつ、私はアルトさんの執務室で、お母様とアルトさんに今日の帰り道で起きたことを報告した。

「そうですか……。レジーナが……」

一応、今日の護衛の人からも帰り道のことは報告されていたらしいけど、なにぶん遠くから見ていただけなので、細かなやり取りまでは分からなかったみたい。

武器らしいものは持っておらず、知っている町の子供ということで、ただ同じくらいの歳の女の子に興味を持って、話しかけただけだと判断したそうだ。

あっ、お茶を淹れてくれているサマンサの表情が変わった。

そりゃあ、そうだよねぇ。

まだ子供のレオ君ならともかく、大人の護衛があれではお話にならない。

これは、サマンサかダニエルによる再教育決定だな。

ご愁傷さま。

その後、今日の女の子のことを詳しく教えてもらった。

名前はレジーナ。

この町唯一の商店の娘だったが、半年前に父親が亡くなり、今はアルトさんや近所の人のサポートでなんとかやっていっているということ。

魔力量は１００程度で、この町の住人としては平均的だが、商人の娘としては決して高い方ではないこと。

町に身寄りもなく、今後の扱いについては町でも決めかねていること。

「父親が死んでからは疎遠になってますが、昔はレオともよく遊んでいましてね。ここにもよく遊びに来ていましたよ。そんな悪戯をするような子ではないはずなんですが……」

うん、私もそう思う。

あれは悪戯なんかじゃない。

もっと計画的で、真剣なものだった。

あの行動も、あの時の台詞も、きっと何度も練習したものだ。

あの目は、生活のかかっている子供の目だ。

最初はお金目当てかと思ったんだけど。

話を聞いた限りでは、今日明日の生活費に困っているという感じでもない。

とすると、私に取り入るのが目的かな……。

「あの女の子を、お屋敷に呼んでもらえますか？」

「それは……。レジーナには私からよく言い聞かせておきますので……」

私があの子を処罰でもしようと考えているのかと、慌てるアルトさん。

実際、これはそれだけの問題だ。

仮にも公爵家の人間に、平民が無礼を働いた。

しかも、わざとである。

たとえ子供であっても、十分処罰される案件だ。

子供の悪戯で済む話ではない。

それこそ、場合によっては、その子供を保護している男爵家すらも罪に問われかねないほどの案件なのだ。

だからこそ、アルトさんも子供の私に対して真剣に対応している。

でも、それは勘違いだ。

私は別に、あの子を処罰しようとは思っていない。

というか、私に実害がなければという条件つきだけど、私はああいう子は基本的に嫌いではない。

前世で旅をしている時にもああいう子は見かけたけど、みな子供とは思えないほど真剣に頑張っていた。

まだ小学生くらいの子供が、なんとかこちらのお金を引き出そうと、流暢な英語で話しかけてくる。

母国語でもないし、学校にも行っていないのにね……。

英語が話せればお金になるからという理由で、自分や家族の生活費を稼ぐために英語も勉強し、お金を出させる方法を考え、必死に食い下がってくる。

日本で自分が勉強を教えていたお気楽そうな生徒の顔を思い出して、日本は本当に大丈夫かとなんとも言えない気分になったりもしたものだ。

生活のかかっている子供は強い。これが私の持論だ。

今日会ったレジーナという女の子は、ただ自分に起きた不幸に泣きわめくでもなく、言われたままに流されるでもなく……。

自分の置かれた立場を冷静に判断し、その中で自分にできる行動を取ったんだと思う。

確かに、やり方は子供の浅知恵（あさぢえ）で非常に危ういものだったけど……。

恐らく、あの作戦は自分で知恵を絞って考えたのだろう。

もう少しどういう子なのかを知る必要はあるけど、とりあえずあの行動力は買いだ。

私がレジーナを将来の側近候補として考えていると言うと、アルトさんはひどく驚いていたけど、お母様は特に反対するでもなく笑っていた。

＊＊＊＊＊

「怒らせちゃった……」

昨日のことを考え、私は何度目かのため息をつく。

何がまずかったのかは分からない。

お嬢様の服をわざと汚したのは、多分ばれていないと思う。

お嬢様はそのことについては何も言ってこなかったし、レオ様も特に気づいた様子はなかった。

レオ様はお嬢様の態度に腹を立てて、逆に私に謝ってきたりしていた。

レオ様は今でも私のことを友達だと思ってくれているみたいだし、私に対してどうこうということはないと思う。

とすると、やはり問題はあのお嬢様だ。

なんで怒ったんだろう。

やはり、あのお嬢様も王都の貴族と同じで、平民なんかに服を触られたのが嫌だったのかもしれない。

町の人の話や、何度か町の人と接しているところを見て、レオ様と同じで特に平民を見下している感じはしなかったから、大丈夫だと思ったのに……。

レオ様と2人だけの時を狙って、親切な感じで近づけば、きっとすぐに仲良くなれると思っていた。

やっぱりお父さんの言う通り、貴族なんかに近づいちゃいけなかったんだ。

昨日のことを男爵様に告げ口されたら、もう今までみたいに助けてはもらえないかもしれない……。

そんなことを思い悩んでいると、誰かが家のドアを叩く音がした。

訪ねてきたのはお屋敷の使用人の人。

お嬢様が会いたがっているので、お屋敷まで一緒に来てほしいんだって。

あれ？　私、お嬢様に嫌われたんじゃなかったのかな？

もしかして、昨日は突然のことであんな態度をとっちゃったけど、でもやっぱり友達になりたいと思ったとか。

あれから、レオ様が何か言ってくれたのかもしれないし……。

そんなふうに期待しながら、私は迎えに来てくれた使用人の人と一緒にお屋敷に向かった。

もちろん、一番いい服に着替えるのも忘れない。

身だしなみは大切だって、お父さんも言ってた。

そして、私は今、お屋敷の男爵様の仕事部屋のソファーに座らされている。

私の前には、昨日のお嬢様。

その両側には、男爵様と公爵様が座っている。

さらにその後ろには、お屋敷の使用人の中では偉い人なんだと分かる、いい服を着た使用人の男の人と女の人が、こちらを見つめながら黙って立っている。

大人4人に囲まれながらこちらを見つめているお嬢様は、これからお友達になりましょうという雰囲気ではなくて……。

笑顔なのに、目が怖い。

あれは、こどもの目じゃない！

おとなの目だ……。

あの目は、知っている。

お父さんが王都でお仕事をしている時の目と同じだ。

相手の商人さんもお父さんも、どちらも笑顔なのに、横で見ているととても怖かった。

内心怯える私にお嬢様はニコリと笑うと、特大の魔法をぶつけてきた。

「昨日の作戦は、あなたが自分で考えたの？　それとも、誰かに聞いたのかしら？」

「えっ？」

「相手の服を気づかれないようにこっそりよごして、それをきれいにするっていう作戦。あれは、あなたが自分で考えたの？」

「あっ、アッ、あノ、ご、ご、ごめんなさい！」

頭の中が真っ白になる。

ばれていたんだ。

自分では上手くできたと思ったのに……。

処刑される。

貴族に無礼を働いたりしたら、その場で殺されても文句は言えないって、お父さんが……。

＊＊＊＊

ちょっと苛めすぎたかな。

目の前の涙目(なみだめ)で震える女の子を見ながら、少しだけ反省する。

少しだけどね。

実際、その場で殺されても文句は言えない案件だ。

この子も、そのことを理解しているのだろう。

怯え方がすごいしね。

なら、今回のことはこれで良しとしよう。

「これからは、あんなことしちゃだめよ。サマンサ、お茶をおねがい。レジーナの分もね」

私がそう言うと、途端に部屋の空気が緩んだ。

皆が威圧を解いたのだ。

大の男でも震え上がりそうな空気の中で、レジーナも正気を保っていられただけ大したものだ。

正直、威圧する側の私でもかなり怖かった……。

お茶が出され、改めてアルトさんが優しい口調で、ことの重大さについてレジーナに説明していく。

場合によってはアルトさんも処罰されていたと聞かされ、レジーナは自分のしでかしてしまったことの重大さに愕然としていた。

レジーナが今の状況を理解し、冷静さを取り戻した頃を見計らい、私は今日の本題を切り出した。

「あなた、わたしにつかえる気はないかしら？」

意外な申し出に驚くレジーナに、私は今の私の状況を正直に話していく。

公爵家が他所の貴族に疎まれていること。

自分の魔力がとても低いこと。

そのせいで、貴族の中から自分の側近を選ぶのがとても難しいこと。

「だからね、わたしはほかの貴族にわたしの有能さを、目に見える形でしめさないといけないの。魔力は少なくても、たとえお母様が元平民でも、わたしには立派にこの公爵領を治める力があるってね。

そうしないと、きっとこの領地はわたしの代になったら取り上げられて、わたしは放り出されてしまうわ。それならそれでいいんだけどね……。でも、それもちょっとしゃくだから、この公爵領をわたしが発展させて、わたしとこの公爵領を無視できないようにするつもり。

わたしは、自分の後ろだてになってくれる領地を、自分で作る必要があるのよ」

「アメリアさまは、この領地を発展させる手伝いを、わたしにしろと言うのですか？」

「ええ、もちろん、いきなりそんなことしろって言われてもレジーナも困るでしょうから、レジーナには、まずはお勉強をしてもらうことになるわ。

将来、わたしの仕事を手伝ってもらうために、いろいろと必要なことを学んでもらう。これはれっきとした仕事だから、そのために必要なものはこちらで用意するし、生活のめんどうも全てこちらでみるわ。

その代わり、こちらの期待通りの成長がのぞめないと判断したら、もおしわけないけど切り捨てます。もちろん、レジーナも、わたしがあるじにふさわしくないと思ったら、遠りょなくこの屋敷を出ていってかまわないわ」

「……アメリアさまは、このセーバの町が本当に発展すると、考えているのですか？」

「ええ、この町は、今はこんなだけど、発展する条件としては悪くないと思っているわ。王都からも比かく的近いし、海もある。こう山も近くにあるし、森林資源もある。未開発だから土地の確保もよういだし、まわりに貴族もいないから余計なかんしょうもない。じゅうぶん発展できる条件はととのっていると思うわ」

＊＊＊＊

レジーナは思い出す。

まだ、父親が生きていた頃のことを。

王都への旅の途中。

野営地の焚き火をぼんやりと眺めながら、父親が話してくれたことを……。

『レジーナ、父さんはね、セーバの町はこれからどんどん発展していくと思うんだ。あの町は王都からも近いし、港を作れる海もある。昔、まだ父さんと母さんがクボーストで働いていた時に、連邦から来た商人が言っていたよ。倭国では、最近、とても大きくて速く進める船が開発されたって。これからは、船の時代になるだろうって。

そうなれば、セーバは王都から一番近い港を持つ町になるかもしれない。今はまだ夢物語だけど、レジーナがお店を継いでくれる頃には、そうなっているかもしれないだろう？

父さんと母さんはそんな未来を夢見て、あの町でお店を始めることに決めたんだ』

「アメリアさま、わたしにもぜひ、この町を発展させるお手伝いをさせて下さい！」

強い意志の宿る瞳でこちらを見つめるレジーナに、アメリアは満足そうに頷き、

「よろしくたのむわね」

と、軽い口調で返事をしたのだった。

レジーナが私の側近となって、もうじき3カ月になる。

季節ひとつ分くらい。

この間、レジーナは本当に頑張ってくれていた。

午前中は大体サマンサ指導の下、侍女の仕事を叩き込まれている。

午後になると塔の方にやってきて、今度は私から助手という名目での教育を受ける。

私の資料整理を手伝わせながら、同時に四則演算や資料の数字の見方などについても教え込む。

この国はとにかく数学が未発達なので、前世の感覚で計算仕事を頼むと、非常にイライラさせられることになるのだ。

例えば、1000MPの魔力があったら、1回に200MP必要な魔法を何回使えるか？

こんな、日本なら子供でもできてしまうような計算が、大人でもできない。

まあ、私は5歳でレジーナは7歳だから、日本でもこの計算は、本当はまだできないんだけどね。

レジーナはさすがに商人の娘だけあって、小さい頃から計算は父親に教え込まれていたようで、二桁程度までの足し算、引き算は問題なくできた。

でも、そこまで。

これはレジーナが勉強不足というわけではなくて、普通の大人、屋台の商店主程度であれば、これくらい計算ができれば十分なのだそうだ。

初めに掛け算、割り算の考え方を教えて、まずは九九を暗記するように言った時には、随分と驚いていた。

こんな計算ができたら、それだけで商家の算術士としてやっていけるそうだ。

思えば、学院の算数の教科書も小学生レベルだった気がするし、お祖父様も割り算の考え方はなかなか理解できなかった。

道理で王都にいた時に、お父様が私のことを重宝がるわけだ。

幸いなことに、レジーナの父親は商人として学問の大切さをよく理解していたようで、レジーナはうちに来る前から簡単な計算と文字の読み書きは覚えていた。

でも、これすらもこの世界では当たり前ではなくて、平民の中には文字も読めないし全く計算もできない人も、かなりの数いるのだという。

確かに、前世でも地球全体で見ると、そういう地域も決して珍しくはなかった。

そもそも、日本が異常だったのだ。

識字率ほぼ１００％で、誰でも高度な義務教育が受けられるって……。

そんな国の教育水準を、この国に要求してはいけないとは分かっている。

それでも、これから私が本格的に仕事を始めて、自分の部下が会計報告の書類を作るのに指を折りながら計算しているのを見たら……。

うん、まずは学校を作ろう。

とりあえず、レジーナは予定通り側近として育てるとして、これから働いてもらうことになる住民の学力レベルも上げていかないと、町の発展など覚束ない。

そんなことを考えながら、手元の資料に目を通していく。

農作物の成長を促進する魔法に関する資料。

この国では、ユーグ侯爵領でよく使われている魔法らしいんだけどね。

ただ農作物の成長を促進すると言われても、その魔法が農作物自体に作用するのか、土地に作用するのか、今一つどういう魔法かはっきりしない。

上手く使えば、この町の農作物の収穫量を上げることができそうだけど、農業は結果が確認できるまでに時間がかかるからなぁ……。

ちょっとやってみてやっぱり駄目でしたってわけにもいかないから、ある程度の期間で計画的に進める必要がある。

まずは、実験農場でも作るか……。

「う～ん……。レジーナ、体動かそうか」

私は手元の資料を放り出すと、椅子から立ち上がった。

レジーナには私の練習や実験に付き合わせる形で、太極拳や魔法についても教えている。

魔法についてはまだ本格的には教えていないけど、今はとにかく正確な魔力操作を覚えるように言い聞かせてある。

ただ、元々レジーナが覚えていた軽量魔法については、呪文の発音が崩れかけていたので修正してあげた。

レジーナにとって、軽量魔法は父親との思い出の魔法だそうで、それが使えなくなるのは、父親との思い出が消えてしまうようで、とても不安だったみたい。

発音の修正をしてあげた時には、とても喜んでくれていた。

で、太極拳の方は、今のところ魔力操作の訓練に重点を置いて教えている。

武術、護身術については、サマンサが直々に侍女の嗜み？　として教え込んでいるので、今のところはそちらにお任せだ。

「レジーナ、もっと肩の力を抜いて。一生けん命やっちゃダメだよ。もっとリラックスして」

「でも、早くもっと上手になって、アメリア様のお役に立てるようにならないと……」

この子は本当に真面目だ。

いや、むしろ必死という感じか……。

レジーナが私の側近になった経緯もそうだし、それまでの彼女の置かれていた状況もそうだ。

私が最初に脅しすぎたせいもあるかもだけど、この子は文字通り、命がけで教えられる全てに取り組んでいるのだと思う。

それは、この世界の言葉を必死に覚えようと足掻いていた頃の自分にも見えて……。

あの当時の私が、お父様やお母様から同じように見えていたなら、さぞ心配させてしまったのではと、申し訳なく感じるほどだ。

「いい、レジーナ。一生けん命にがんばることと、物事をうまく処理することはちがうのよ。気合いや根性でなんとかなるなら、だれも苦労しないわ。

もっと冷静に、意識して視野を広げること。一生けん命になると視野がせまくなって、そこしか見えなくなっちゃうからね。

まずは無理矢理にでも肩の力を抜いて、もっと部屋全体をながめるように意識すること。心は体の影響を受けるから、体がリラックスすれば、心も自然にリラックスできるわ」

そんなふうに2人で太極拳の練習をしていると、いつものお迎えがやってきた。

今日のお迎えは、レオ君とアルトさんだ。

「アメリアお嬢様、今日も精が出ますなあ」

「いえいえ、ただの子供のおゆうぎですよ」

「ご謙遜を。もう少しアメリア様が大きければ、ぜひ手合わせしたいところですよ」

「ふん、ほんとうにただのお遊びだろ」

私とアルトさんの軽口に、後ろからレオ君が口を挟む。

レオ君の方を振り返り、軽くため息をついて自分の息子を睨むアルトさん。

不貞腐れた様子で、そっぽを向いてしまうレオ君。

レオ君、反抗期かなぁ。

実際、私の側近候補と言いながら、レオ君の態度は非常に悪い。

特に、最近はそれが顕著だ。

多分、レジーナがうちに来てから……。

私に友達を取られた感じがしておもしろくないのか、自分が認めていない私のことを、レジーナが褒めるのが気に入らないのか……。

多分両方だろうなぁ。

おまけに、最近は私に対するレオ君の態度のせいで、レジーナの当たりも冷たいから、余計にイライラしているのだろう。

私がこの町に来てから、もうだいぶ経つよねぇ……。

いい加減に慣れてほしいものだけど、レオ君の態度は日増しに悪化している。

他所様の子供の問題だし、私が押しかけてきたせいでもあるし、貴重な側近候補だし……。

所詮子供のすることで、こちらに実害もないからと放置してきたけど、いい加減面倒になってきた。


「アルトさん、ちょっとレオ君と試合してみてもいいですか？」

私からの提案に少し考えたアルトさんは、あっさりと試合の許可を出した。

「ええ、構いませんよ」

「なっ⁉」

なんでもないことのように許可を出すアルトさんに、驚くレオ君。

「この馬鹿に格の違いというものを見せてやって下さい。どうせ何の役にも立っていませんから、腕の2、3本折ってしまっても構いませんよ」

「いや、さすがに怪我させるのは……。一応、魔法無効化の魔道具もありますから、大事にはならないかと」

「分かりました。ですが、本当に当家としては、この試合で愚息がどうなろうと、そのことにとやかく言うつもりはありませんので」

これは、アルトさん、相当レオ君のこと怒っている？

まぁ、あの態度も、実際、主家に対する騎士の態度じゃないしね。

レジーナの件じゃないけど、処罰されても不思議じゃない案件だ。

私が切り捨てるというのなら、それもやむを得ないということなんだろうね。

アルトさんと話し合った結果、魔法無効化の魔道具は一応使用するも、出力は最小限に抑える。

武器は使わず基本は徒手空拳（としゅくうけん）で行い、魔法は相手に怪我をさせない程度に抑えるということに決まった。

そんなことできるのかって？

できるんですよ、これが。

この世界の魔法は、自分の魔力に術者が呪文で指示を出すことで現象を引き起こすわけだけど、魔力は基本術者の指示通りに動いてくれる。

だから、呪文で作り出した炎は、術者の望まないものは燃やさないのだ。

つまり、相手に魔法をぶつけても、実際に相手を燃やす意志を籠めなければ大丈夫ということ。

そうは言っても、うっかり燃やそうと考えてしまえば実際に燃えちゃうわけで、危険なことに変わりはないんだけどね。

レオ君は知らないけど、アルトさんは私が実はきっちり魔法も使えることを知っているから、その辺はあまり心配していないらしい。

魔法でも格闘技でも、私がレオ君に負けることなど万に一つもないと考えている様子。

私が信用されているのか、息子に信用がないのか、レオ君も不憫な子である。

「おれは魔法は使わない。魔力の少ないやつを魔法で一方的にいたぶるようなことはしないからな。なぐったりもしないから安心しろ」

そんなレオ君の言葉で試合は始まった。

お優しいことで。

殴らず魔法も使わず、どうやって相手を倒すつもりなんだろう？

どうせ、組み伏せて降参させればいいとか、考えているんだろうなぁ。

この町には私以外には貴族の子もいないし、武術や攻撃魔法を使える平民の子がいるとも思えない。

自分が引きこもりの年下の女の子に負けるなんて、考えてもいないのだろう。

まして、魔力の低い貴族失格の子供になんてねぇ……。

こちらを睨みながら、棒立ちになっている無防備な体に、私は上半身をぶらさない摺り足の歩法で、一気に距離を詰める。

動くための予備動作の見られないこの歩法は、相手に自他の距離感を錯覚させる。

突然、目の前に現れた私に、レオ君が慌てて後ろに下がろうとするが、もう遅い。

レオ君の胸の辺りに向かって、私は太極拳の双按を打ち込む。

私の両掌からじわりじわりと伝わっていく力は、次の瞬間、レオ君を背後の壁に背中から叩きつけた。

うわぁ、後頭部とか打たなかったかなぁ。

そんな心配が頭をよぎるが、多分大丈夫だろう。

壁からの衝撃も、魔道具で打ち消されているはずだ。

改めて、壁の前で両手をついて咳き込んでいるレオ君を見る。

本当は思いっきり驚きの感情を表現したいのに、思うように声が出せなくてパニックになっている感じだ。

何か言おうとしているけど、言葉にならないらしい。

しばらくそのまま様子を見ていると、ようやく咳の治まったレオ君が、こちらをすごい目で睨みながら立ち上がる。

「なんだよ、今の！」

「え〜と、太極拳の双按って技かな」

素直に教えてあげた私を、さらに睨んでくるレオ君。

「なんで無効化の魔法が効かないんだよ！　お前、なんかズルしただろ！」

うわ～、負けた現実を受け入れられなくて、原因を周りのせいにしたか……。

多少気に入らなくても、女の子に手を上げるなんて、みたいな紳士な態度だったけど……。

まあ、所詮子供だしね。

そんなことを考えていると、アルトさんからフォローが入った。

「あれは相手の表面に打撃を与える技ではなく、体の内側に力を伝えて内臓を攻撃する技だ。力はゆっくりと浸透していくから、魔法無効化の魔道具は働かない。私も似たような技を知っているから間違いない。ズルでもなんでもない。実力だ」

父親にそう言われて、怒りを抑えるように床を見つめていたレオ君。

「もう手加減はなしだ！」

私の方を睨むと、そう叫んで、こちらに突進をしかけてきた。

やれやれだ。

片足を引き、半身になってレオ君の体を捌きながら、私の横を通りすぎる背中を軽く押してあげる。

そのまま前につんのめって転ぶレオ君。

素早く立ち上がると、今度は突進することはせず、私に近づいてくる。

拳を振りかざして全力で殴りかかってくる前に、私はさっさと距離を詰め、スピードの乗る前の腕に軽く触れる。

そのまま私に向かって突き出された拳は、私の横へ。

大きく体勢を崩した状態で、見当違いの方向に突き出される。

崩れた体勢は私の添えられた掌によってさらに加速され、勢いよく回転しながら私の足元に転がった。

床にぶつけたダメージはないようだけど、少し足元がふらついている。

勢いよく回転させられて、目でも回したかな。

なんとか立ち上がったレオ君。

もう涙目である。

なんか、小さい子を苛めているみたいで、罪悪感がよぎる。

実際は、私よりも年上の男の子だから、私は悪くないんだけどね。

でも、小さな男の子が涙目でこちらを睨みつけてくるの、ちょっとかわいいかも……。

いかん、いかん！

そんなことを考えていると、私から少し距離を取った位置で、何やら集中し始めるレオ君。

もしかして、魔法を使おうとしている？

そして、紡がれる、魔法の呪文。

やがて、レオ君の頭上に浮かび上がる、自分の体ほどの大きさの大きな炎。

目は、相変わらずこちらを睨みつけたまま。

これは、手加減する気ないね。

燃やす気満々って感じだ。

慌てて止めに入ろうとするアルトさんを片手で制して、私も素早く呪文を呟いた。


なんなんだ、あいつは！

いつも大人みたいな顔をして、偉そうで！

塔で賢者様みたいに本ばっか読んでて……。

おれよりも年下だし、魔力も低くて王都では苛められるから、おれが優しくしてやろうって思ってたのに……。

レジーナにもひどいこと言ってたくせに！

レジーナも大人になったらおれが守ってやろうって思ってたのに……。

勝手にレジーナと仲良くなって！

おれのこと無視して！

もういい！

死ね!!

その感情のままに、目の前の女の子に向かって炎が自分の手を離れていく。


「あっ！」

子供なら誰でもある短絡的な思考。

誰でも小さな子供の頃は、一度や二度は感情のままに使ったことのある言葉だろう。

『バカ、死ね！』

誰も、本気で相手に死んでほしいと思っているわけではない。

ただの勢いだ。

でも、そんな一時的な感情に素直に反応してしまうのが、魔力というもので……。

まあ、想定の範囲内だけどね。

相手は子供なんだから、試合で興奮すれば、感情を抑えきれなくなることもあるだろう。

子供の言うことを一々真に受けていたら、子供相手の仕事などできないのだよ。

炎が解き放たれる瞬間。

『しまった！　やっちまった！』という顔をするレオ君。

私は自分の正面、迫りくる炎の前に円を描く。

瞬間、私の正面には薄く金色に煌めく鏡のような膜ができ、炎はその鏡に吸い込まれるように消えていった。

静寂に包まれる実験場には、呆然と立ちすくむレオ君と、やりきった感のある私の姿があった。

「で、まだやる？」

問いかける私に、ちょっと前の様子が嘘のように、憑きものの取れたような顔をしたレオ君が、首を横に振る。

「いや、もういい。負けました」

潔く負けを認めたレオ君は、私の方に近づいてくると、今度はもじもじした様子で、謝罪なんだか言い訳なんだか分からないことを一生懸命しゃべり始めた。

色々言っていたけど、要は『私のことを舐めていて申し訳ない。これからは真面目に仕えるから、よろしく頼む』ということ。

途中話を聞くのが少し面倒になってきたところでアルトさんが強引に話をまとめ、レオ君はこれからは態度を改め、真面目に私に仕えるということで話は丸く収まった。

そういえば、前世で家庭教師をしていた時に、反抗的でなかなか言うことを聞いてくれない男の子がいたねぇ。たまたま武術の話になって、休憩時間に太極拳の護身術をいくつか教えてあげたら、それから妙に懐かれるようになったような……。

男の子って、そういうもの？

そんなことを思い出しつつアルトさんと並んで、後ろにレジーナとレオ君を従えて、私はお屋敷に帰っていったのだった。

7章　学校を建てよう

「う〜ん……　う〜ン………　ウ〜ン………」

「レオ君、うるさい」、「レオ様、うるさいです」

あっ、ハモった。

あぁ、レジーナがレオ君を睨んでる……。

「そんなこと言ったって、分からないんだからしょうがないだろう！」

「分からなければさっさと訊くように、アメリア様にも言われているのでは？　〝下手の考え休むに似たり〟です」

「だって、なんかくやしいじゃん……」

そうして、ここ最近のいつものやり取りを繰り返すレジーナとレオ君。

いつもの塔の研究室だけど、最近は人口密度が高い。

あのレオ君との試合以来、レオ君は私にすっかり懐いてしまった。

試合のあと、屋敷に帰ったレオ君は、改めてアルトさんに私が普段やっていることや、試合で私が使った技や魔法について説明をされたらしい。

今までは、いくらアルトさんが話しても聞く耳を持たなかったらしいんだけど、現実にコテンパンにされたあとは、恐ろしく素直にアルトさんの話を聞いてくれたそうだ。

「こんなことなら、さっさとお嬢様に叩きのめしてもらえばよかったですな」と、アルトさんは言っていたけど、それもどうなんだろう……。

初めの素手（すで）での試合はともかく、最後の魔法攻撃は……。

ここに来たばかりの頃なら、ヤバかったよね。

魔法無効化の呪文とか使えるようになったのは最近だしね。

純粋な魔法の撃ち合いになったら、ここに来た当時の私などお話にならなかっただろう。

まあ、その辺の問題がクリアされたからこそ、力で捩じ伏せるって行動に出たんだけどね。

何はともあれ、レオ君も私を主人（あるじ）と認めてくれたようで何よりだ。

少々、ウザいけどね。

今までの言動はなんだったってくらいに、私のあとをくっついて回る。

護衛騎士としての当然の仕事だって本人は言っているけど、どう見てもただのわんこだ。

で、暇さえあれば私に太極拳（あの技）を教えてくれとせがんでくる。

あまりにもしつこいので、「あの技はばかには使えない。使えるようになりたければ、まずはこれをできるようにしろ」って、大量の勉強の課題を出してやった。

納得いかなそうな顔をしていたので、理科の〝てこの原理〟や〝作用・反作用〟のそれっぽい話をしてやったら、納得したのか真面目に勉強に取り組み出した。

今までは、「騎士に学問なんか必要ない」って勉強しようとしなかったレオ君が、急に真面目に勉強し出したって、アルトさんが感動していた。

今は、レオ君の教師役はレジーナに任せている。

他人に教えることで自分の理解も深まるから、レジーナにとってもいい勉強になると思う。

レジーナは元々商人の娘で、私に会う前から真面目に勉強していたというのもあるけど、なんといっても私の側近になってからの頑張りが凄まじい。

直接一対一で私が教えてきたというのも大きい。

今のレジーナなら、私の代わりに今すぐお父様のお仕事の助手も務まるだろう。

侍女教育、家臣教育の方も順調なようで、教師役のサマンサとダニエルが、なかなか教えがいがあると褒めていた。

あの人たち、元王族の側近なんだけど……。

王宮の官吏など全く使いものにならないって、ボロくそに言っている人たちなんだけど……。

なんだか末恐ろしくもあるけど、まずは拾いものだったと喜んでおくことにしよう。

レオ君の教育はとりあえずレジーナに任せて、私はこのセーバの町の発展計画を練ることにする。

まずは町の子供の教育と、農業あたりを考えている。

私が大人になった時に使える人材を増やす。

町が大きくなった時に、その人口を支えられるだけの食糧を確保する。

最終的に、どの方向にこの町を発展させていくかは未定だけど、いずれにせよインフラ整備は大切だ。

ここは王国の南の穀倉地帯からも距離があるから、たとえ人口が増えても、他所から食糧を調達するのは難しい。

大体、ただでさえ私の政治基盤は弱いのに、その上胃袋まで他所の貴族に押さえられてしまったら、いくら領地を発展させても全く意味がなくなってしまう。

うん、自給自足が基本だ。

将来的には港を整備して、他国からの食糧輸入も考えている。

でも、急にそこまで大それたことはできないし、食糧を他国から輸入するにしても、やはり最低限の食糧自給率は確保する必要がある。

そのための農業改革なんだけど、いずれにしても手が足りない。

領主（の娘）の強権を発動すれば、ある程度の人手は確保できる。

でも、住民にも各々自分の仕事があるわけだから、1回、2回ならともかく、毎回協力してもらうのは無理だ。

そうなると、あとはちゃんと仕事をしているわけではない子供を使うしかないってことになる。

この国の平民は、普通7歳になると本格的に親の仕事を手伝い始めるんだけど、ただ、それはあくまでも家業の手伝いだ。

正式に仕事をするのが認められているのは13歳からで、13歳からは外で普通に働くこともできるし、魔力量による最低賃金の保証も適用される。

貴族の場合は平民とは少し事情が違って、基本的には7歳で一人前とみなされ、正式に爵位を名乗れるようになる。

ただ、実際に働き出すのは15歳で学院を卒業した後となるので、それまでは親の領地経営などを見ながらの教育期間ということらしい。

この町の場合、ほとんどの子供は大きくなるとそのまま親の仕事を引き継ぐようになるので、13歳になったからといって、他所に仕事に出ることはあまりないらしいけど。

7歳くらいから少しずつ親に仕事を習い始め、そのまま大人になって親の仕事を引き継ぐ感じだ。

そういう意味では、たとえ子供であっても、家の貴重な労働力に変わりはないのだが……。

それでも、所詮は子供の手伝いで、いなくなったからといって仕事が回らなくなるわけでもない。

せいぜい、手伝ってくれれば多少は助かる程度だ。

それなら、多少給料を払うかして配慮すれば、喜んで貸し出してくれるだろう。

ついでに、読み書きや計算も無料で教えると言えば、どこからも文句は出ないはずだ。

レジーナの話では、町の住人のほとんどは読み書きも計算もできないが、決してそれが必要ないと考えているわけではないそうだ。

単純に自分たちができないから子供に教えることもできないし、誰かに頼む金銭的な余裕もないからそのままにしているというだけらしい。

無料で教えてくれるなら、喜んで子供を送り出す親も多いはずだと、レジーナは言っていた。

なんだかんだで、文字や計算が分からなくて、外から来た行商人に騙(だま)されたりといった経験のある人も多いらしい。

そんなわけで、狙いは子供だ。

あまり小さくても戦力にならないけど、10歳前後くらいなら仕込めば使えるだろう。

将来、この町と私を支えてもらう貴重な人材だ。

教育に労力は惜しまない。

レジーナに悪態をつかれるレオ君を見ながら、私は今後の計画を練っていった。

目下の私の課題は、今現在計画中の、実験農場と学校のための用地の選定だ。

私は、目の前に広げられた地図を睨みながら考える……。

「この地図って、信用できるのかなぁ」

そう、今考えているのは、用地の選定以前の問題。

地図の信用度だ。

町の具体的な発展計画を立てるために、先日アルトさんにこの町とその周辺の地図を借りた。

それが、目の前の地図。

前世の地図を見慣れた私には、どうにもこの地図が信用できない。

というか、子供が遊びに使う宝の地図だ。

ＲＰＧのマップの方がまだ信用できる。

今後の都市計画のこともあるし、まずは地図の作成からだね。

私は、この世界の農作物について調べてもらっているレジーナとレオ君に声をかけた。

ある程度正確な地図を作りたいということで、どのような手順で進めるかを話し合う。

そして、また新たな問題が浮上する。

「ねえ、ある程度の長さを測れる道具って、あるのかなぁ？　距離とか測れるようなもの」

「？？？」

「普通、長さを測る時ってどうするの？」

「歩いて歩数を数えます」

「手で測るな」

「つまり、ある程度の長さは手の幅とかで測って、長い距離は歩幅と歩数で計算するってこと？」

これは予想して然るべきだった。

この世界には、正確な長さの尺度はないらしい。

この世界の1メートルは、大体大人の肩幅の2倍、もしくは大人の1歩分、子供の2歩分の歩幅、ということらしい。

それだと、地球の1メートルよりは少し短いくらい？

まぁ、それはどうでもいい。

問題は、この世界の1メートルが、かなりアバウトだということだ。

今後の街作りのことを考えると、せめてこの領内だけでも長さの単位を統一しておきたい。

地図を作る前に定規の作成が必要とは……。

前途多難だ。

「アメリア様の歩幅の2倍で」などと言うレオ君の間抜けな意見は却下して、何か1メートル程度のもので基準になるものはないかと考える。

私の歩幅なんかにしたら、それこそ街が完成する前に長さが変わってしまう。

私は日々成長しているのだ。

色々と検討した結果、神殿の石板の横幅の2倍を1メートルとして採用することにした。

ちょうど大人の肩幅くらいの長さだったし、神殿の石板なら紛失してしまうこともないだろう。

神殿で長さを写し取ってきた紐を前に、私は目の前の銅の塊に手を触れる。

紐と同じ長さの長細い棒をイメージして、金属を加工する金魔法を唱えれば、紐の長さと寸分変わらない1メートルの物差しが完成した。

次にやることは、物差しに目盛りを書き込む作業だ。

まず、紐を半分に折って、50㎝の位置を決める。

それをさらに折れば、25㎝の位置も確定。

問題はそのあとだ。

基本、素人が測量に使うならこれくらいの目盛りで十分なんだけど、せっかくだし、せめて5㎝刻みくらいにはしておきたい。

これからも、長さを測る道具は必要になるからね。

考えた結果、まず1メートルの紐を3つに折って33㎝の長さを作り、そこから25㎝の紐を半分にして作った12・5㎝を引くことにした。

これで大体20㎝だから、これを半分にすれば10㎝だ。さらに半分で5㎝。

とりあえず、これで5㎝刻みの目盛りのついた1メートルの物差しが完成した。

「うん、こんなものかな」

改めて完成した物差しを持って……重い！

木だと反っちゃっても困るし、鉄だと錆びるかと思って銅で作ってみたけど、やっぱり子供には重い。

私の身長と変わらない銅の物差しは、もう物差しというよりはほとんど棍だ。

レオ君、それは武器じゃないから！

ちょっと使い勝手も悪いし、50㎝の物差しもついでに作っておくか。

私はもう1つ銅の塊を手に取り、今度はさっきの物差しの半分の長さになるようイメージして、短い物差しも作った。

念のため長い方の物差しで長さも確認したけど、きっちり50㎝だった。

よし、オーケー……と思ったところで、あることに気づく。

あれ？

さっき、具体的な長さをイメージしたっけ？

最初に1メートルの物差しを作った時には、実際に1メートルの長さの紐を置いて、その紐と同じ長さの物差しをイメージした。

でも、2回目は？

特に1メートルの物差しを確認するでもなく、『さっきの物差しの半分の長さで』と考えて、作っただけだ。

別に具体的に50㎝の棒を想像して作ったわけではない……。

前に金魔法の実験と練習をした時には、〝1メートル〟というイメージで作った棒は、どれも微妙に長さが違っていた。

イメージした長さが曖昧だから、実際の長さもきっちり同じにはならないのだろうと考えていたけど……。

試しにもう1本同じ50㎝の物差しを作ってみたけど、やっぱり寸分違わず50㎝だった。

これって、以前は私の中での1メートルが曖昧だったから長さが揃わなかっただけで、1メートルの認識がしっかりしていれば、魔法の結果もしっかりしたものになるってこと？

要は、イメージ云々は関係なく、指示が正確なら、その指示通りに魔法は発動するということでは？

私は、先程作った50㎝の棒を手に取って、イメージではなく指示を出す。

『この棒を等間隔に50に分ける目盛りを刻め』

はい、完成しました。

1㎝刻みの完璧な物差しが。

さっきまでの苦労はなんだったんだろう……。

この世界の魔法は、こういうところが妙に機械的というか……。

ある意味、いい加減な気がする。

私の割り算の魔法もそうだ。

闇の魔法の本来の使い方は魔力を縮小させるもののはずなのに、『計算上はそうなるよね』って感じで、極極（ごくごく）少量の魔力で大きな結果を作り出してしまう。

ともあれ、これで測量器具の問題も解決だ。

同じ要領で分度器も作成して、本日の道具作りを終了した。

「これより測量を開始します」

「「「「「はいっ！」」」」」

レジーナの指示に、元気に返事をする子供たち。

人数は５人。

男の子が３人に、女の子が２人。

５人の前に立つのは、レジーナとレオ君。

私は、２人から少し離れた後ろに立っている。

昨日までの地図研修が終わり、今日からいよいよ地図の作成作業開始だ。

作業の総指揮はレジーナで、現場指揮はレオ君。

私は総監督として、みんなの作業を見守ることになっている。

今回の地図作成のメンバーは、まずレジーナとレオ君で候補者を選び、その上でアルトさんを通して本人と親御(おやご)さんに参加の意思を確認してもらった。

権力によるごり押しはしてないよ。

中には本人がやりたくないとか、家の仕事を手伝わせるからと言って断ってきた家もあったしね。

だから、今回の参加者は、理由は各々だけど、全員が自由意思で参加してくれている子たちだ。

地図作成の仕事に参加する子たちにまず私が指示したのが、三桁程度までの数字の足し引きと、長さや角度の概念の理解だ。

その上で、基本的な地図作成の手順や、地図の必要性についてもしっかりと教え込んだ。

全体の数字の取りまとめや計算はレジーナが行うことになっているけど、自分が今やっている作業がどういうものなのか理解できていないと、基本的な現場での判断すらできなくなってしまうからね。

このくらいは適当でいいだろうとか、ここは見なくても分かるから一々測る必要はないとか……。

そういう勝手なことをしないように、この2週間ほどを使って、私とレジーナが徹底指導を行った。

ちなみに、2人ほど来なくなってしまった子もいたけど、特に気にしていない。

私は自分の将来を守るためにこの町を発展させようと考えているだけで、やる気のない子や親をなんとかしたいわけではない。

とりあえず、今は頑張りたいという子だけついてくればいい。

それに、私の予想では、今回話を断った家や途中から来なくなった子たちも、いずれ戻ってくることになると思う。

この町がこれから発展して、読み書き計算ができる住人がどんどん増えていったら……。

読み書き計算はできて当たり前の前提で町が回り出したら……。

今回断った人たちも、うちの仕事に学問は関係ないとか言っていられなくなるからね。

今は必要性を感じていないから協力しない。

みんなができないから、気にならない。

それだけのことだ。

人は、良くも悪くも周囲に合わせて行動する生き物だからね。

初めに緩い環境で始めてしまうと、このくらいできれば大丈夫というラインが低くなってしまう。

実際、「全く勉強しない。やる気がない」とレジーナに文句を言われながら嫌々勉強しているレオ君の今のレベルは、恐らく王都の同年代の貴族より余程高いと思う。

最初に要求される努力のレベルがレジーナなのは可哀想な気もするけど、何事も最初が肝心だ。

私も心を鬼にして、子供とか関係なく私が求めるレベルをみんなに要求した。

そんなだからか、実際問題として初めは色々と大変だったのだ。

特に他の子たちの、レジーナに対する反発がひどかった。

レジーナは元々外から来た親の子だし、ただの平民で今は孤児だ。

それが貴族のお嬢様に気に入られて調子に乗っている、というのが真っ先に出てきた彼らの不満。

それに今回集まった子は、上は12歳で下は8歳。

みんな私やレジーナよりも年上だ。

集まった子たちの中には、今回の仕事を年下のお嬢様の遊び相手と考えていた子も何人かいて、自分も気に入られれば、レジーナのように貴族に贔屓にしてもらえると期待して参加したらしい。

私はレジーナがどれだけ必死で頑張っているか、知っているからね。

そういう不心得者には容赦しなかった。

山のような課題を与えてやった。

「こんなのできるわけない！」って逆ギレする子に、レジーナは軽くこなせると言ったら黙り込んだ。

すごいスピードで与えられた仕事を片付けていくレジーナを指して、同じことができるなら今すぐ側近に取り立てるって言ったら、何も言わなくなってしまった。

それでも感情的な部分では納得いかなかったみたいで、私の見ていないところでレジーナに突っかかっていった子もいたらしい。

命知らずな子だ。

サマンサの愛弟子に喧嘩を売るなんて、私は絶対にしたくない。

最近のレジーナは、どんどん雰囲気がサマンサに似てきている気がする。

笑顔で怒るところが、本当にそっくりだ。

最初のうちはレジーナが先生役を務めることに不満そうだった子たちも、ある者は精神的に、ある者は物理的にレジーナに説得され、気がつけばレジーナのことを先生呼びするようになっていた。

ちなみに、最初の頃は私を年下で魔力も大したことはない、貴族とは名ばかりのお嬢様という目で見ていた子たちだけど……。

レジーナの説得と、私がレジーナ先生に今回の測量に必要な数学、三角形の合同条件や相似比、縮尺の考え方、三平方の定理なんかを教えているのを見て、考えを改めてくれたらしい。

途中から、レジーナが出した課題で分からないところを、よく質問されるようになった。

レジーナ先生よりも訊きやすいし、レオ様よりも分かりやすいと褒めてくれた。

「さすがは、アメリア様です」って……。

ともあれ、そんな感じで当初の予定のカリキュラムは終了し、今日からはいよいよ現場に出ての地図作成である。
町の人たちにはアルトさんを通して、今回の地図作成のことは伝えてある。

これは現領主の娘である私が、次期領主として今後の町の発展のために正式に行う仕事であり、子供の遊びではないということ。

だから、今回の作業で子供たちが巻き尺や分度器を持って町中をふらふらしていても、決して邪魔をしたり怒ったりしないようにと。

レジーナの指示の下、子供たちが町中や、町周辺の土地を走り回る。

レオ君の指示で所定のポイントの距離や角度を測り、正確にメモを取り、その結果をレジーナに届ける。

レジーナはその結果を元に地図を作成していく。

もちろん所詮私も含めて素人の測量なので、地球の地図のような本格的なものは作れない。

せいぜいが、観光地の案内マップ程度のものだ。

それでも、今までは漠然としていた町の広さや畑、漁港の広さ、主要地点までの距離、各家の正確な位置や戸数などがどんどん明確になっていくのは、今後の街作りを考える上では非常に助かる。

日に日に詳しさを増していく地図を見ながら、私は当初から考えていた学校と実験農場の場所を考える。

地図が一応の完成を見る頃、私の中での学校と実験農場の運営計画もほぼ固まっていた。

「ここに実験農場を、ここに学校を考えています」

私の指差す場所を見つめ、各々に思案顔の３人。

ここはいつもの塔の、私の研究室。

目の前には新たに作った地図が広げられ、それを囲むように皆が集まっている。

私、レジーナ、レオ君、そしてアルトさんの４人だ。

学校と実験農場の計画については、前々から代官のアルトさんと領主であるお母様には、無理な予算でなければ構わないと許可をもらっている。

元々放置されていた領地だし、特に大きな税収がある町でもない。

この町がたとえ発展しなくても、困るのは私くらいなので、自分が納得のいくように好きにやればいいと、お母様には言われている。

信用されているのか、プレッシャーをかけられているのかは不明だが、お母様は口を出す気はないらしい。

今回の話し合いも、「任せるわ」で、終わってしまった。

アルトさんに塔の方に来てもらったのは、単純にこちらの方が私の資料が揃っていて話がしやすいからだ。

「実験農場が屋敷の北というのは分かります。そこなら、町の農家の畑の隣ですから、住民の協力も得られそうですからな。

ですが、学校を塔と屋敷の間に作るのはどうでしょう。確かに、それならアメリア様は顔を出しやすいでしょうが……」

「みんなの家から遠くならないか？　セーバの町は屋敷の東側だし、この塔は屋敷の真南の岬の突端で、この塔以外には何もない。こっちに来る用があるのはアメリア様だけだぞ」

「……土地の問題ですか？」

アルトさん、レオ君の反対意見に、レジーナが思案気に口を挟む。

「土地なら問題ないと思うが……？　町といっても別に建物が密集しているわけではありませんから、小さな学校を1つ建てるくらいのスペースは十分にありますよ。もし、広めにしたいというなら、町の東の外れに建ててもいい。お屋敷からは少し離れてしまいますが、お嬢様は歩くのはそれほど苦にならんでしょう？　なんなら馬車を出しますよ」

「……アメリア様、アメリア様は一体どのくらいの大きさの学校を考えておられるのでしょう？」

レジーナは気づいたか。

さすがにずっと私の仕事を手伝ってくれているだけのことはある。

「今回建てる予定なのは、教室を1つと魔法の練習場兼実験場の2つだけよ。でも、今後、徐々に拡張していくつもり。将来的には、塔からお屋敷までの一帯全てを、学校関連の土地にしようと考えてるわ」

「なっ⁉」

「ハァ⁉」

「正確には、学校というか研究施設ね。要は、私やお祖父様がこの塔でやっているようなことを、もっと人を集めて大々的に行うってこと。そのための人材教育も含めてね。

アルトさんも知っているでしょ？　お祖父様が大量の金貨を溜め込んでいること。あれ、お祖父様が魔法大全や魔法無効化の魔道具で全て稼いだのよ。ただ、僻地に引きこもっているだけなのに……。新しい技術や知識というのはお金になるのよ。

ここは王国の中では僻地だけど、魔法の研究をするのには悪くないわ。魔石の山も近いし、大賢者様もいるしね」

「また、とんでもないことを……」

「それにね。町の東側、というか、この町のある湾の東側一帯は、丸々残しておきたいの。いつか大きな港を作りたいから。塔のある湾の西側は崖になっているから、港は作れないでしょ？」

このセーバの町は手頃な大きさの入り江になっていて、しっかりと港を整備すれば、大型帆船くらいなら問題なく入港できるようになると思う。

ただ、水面からの高さが比較的低いのは入り江の中央から東の一帯だけで、塔のある西側は切り立った崖になっている。

つまり、将来大きな港を作ろうと思っても、お屋敷から塔までの湾の西側は使えないのだ。

今回、学校の予定地を湾の西側にしたのも、それが大きい。

ちなみに、住民の利便性などは一切考慮していない。

こう言っては悪いが、町といっても高々20戸程度の掘っ建て小屋に近い民家だ。

必要であれば、こちらで新しい家を用意して、引っ越してもらった方が余程手っ取り早い。

所謂区画整理、再開発というやつだ。

実際、今後、町の人口が増えてきて新たに家を建てることになった場合、本格的な町の区画整理は行う予定だから、今いる住民に移転をお願いするのは時間の問題だ。

さすがに公爵邸から王都への街道に続く町の大通りに、商店や宿屋ではなく、農家や漁師の家が並ぶのは問題だろう。

そんなわけで、今回の学校の用地選びに、町の子供たちの通いやすさは一切考慮しなかった。

その辺りの今後の展望も説明し、住民の方は大丈夫そうかと確認したが、アルトさん曰く全く問題ないそうだ。

他所の土地では、領主に突然出ていけと追い出されることも珍しくないそうで、こちらで住む場所まで用意して、町の別の場所に移ってもらうくらいはなんでもないとのこと。

家を新しく建ててもらえるなら、却って喜ばれるくらいだと言っていた。

なんだかんだで、こちらの都合で一方的に移れというのは悪い気がしていたので少し安心だ。

そんなこんなで用地の選定も終わり、具体的な実施の手順が話し合われる。

学校の建物の建設については、この町唯一の職人であるゼロンさんに頼むことになった。

というか、他にこの町に選択肢などない。

ちなみに、ゼロンさんは、地図作りメンバーのユーノ君12歳と、アンちゃん10歳のお父さんだ。

元々この町の出身ではなくて、レジーナの両親と同じく、ここに公爵邸ができた時に一緒に移住してきたらしい。

その縁もあって、レジーナのお父さんが亡くなってからうちに来るまでの半年間、レジーナの食事の面倒をよく見てくれたりもしたそうだ。

明日、ユーノ君が来たら、学校建設の件を早速確認してみよう。

そう、今回地図作成で集められたメンバーだけど、地図作成が終わった今でも、家庭の事情が許す限りこの塔に通ってきている。

別に強制したわけではないのだけど、みんな色々と思うところがあったらしく、作業終了後もできればそのまま勉強を見てほしいと言ってきた。

私が学校を作ることも知っているので、学校ができるまではこの塔で、ということらしい。

学校ができれば恐らく、あの子たちがセーバ小学校？　の第1期生となるんだろうけど、今のままでもこの1カ月ほどでかなり仕込んである。

そのまま新しく来る子たちの先生役としても使えるんじゃないかなぁ。

学校についてはそんな感じだ。

あと、実験農場の方は……。

これは実際に農家の人の話も聞きたいから……。

とりあえず、今度ハーベ君が来たら相談してみよう。

ハーベ君も今回の地図作成メンバーで、9歳の農家の男の子。

ハーベ君の家はこの町の農家のまとめ役らしいので、一度ハーベ君を通して話を聞いてみようと思う。

具体的にどうするかはそれからだね。

そんなことを決めて、今日の話し合いは終わった。

さて、これで用地も決まったし、いよいよ実行に移そう。

学校の方は先日ユーノ君のお父さん、ゼロンさんに会って細かい打ち合わせを済ませておいた。

今はどういう建物にするかの設計と、予算の見積もりをお願いしている最中だ。

この世界の建物は基本魔法で建ててしまうため、細かな設計図を書いたりはしないらしい。

それでも、どんな資材を使ってどんな間取りでどんなデザインの建物にするのか？　そういうことはしっかりと決めた上で着手するとのことで、今はそれをお願いしているところだ。

ちなみに、今回の学校建設の費用は、全てお祖父様が出してくれることになった。

「町の子供たちに勉強を教えるのに、紙とかペンとか、他にも色々必要なんだけど、あそこの箱のお金つかっていい？」

と尋ねたら、好きなだけ使って構わないと了解を得られた。

孫に理解のある祖父で何よりだ。

実際、この町を丸ごと作り直しても全然余裕くらいの金貨が、無造作（むぞうさ）に放置されているのだから、お祖父様にとっては学校の1つや2つ全く問題ないだろう……多分。

問題は、農業改革の方だ。

とりあえず、農業のやり方を工夫して、町の農作物の生産量を増やそう。

あの異世界転生ファンタジーでは定番の農法とかだ。

詳しくは覚えていないけど、要は土地が痩（や）せないように休耕地を挟むとか、輪作するとか、そういうことだよね。

あとは、肥料（ひりょう）の導入とかかなぁ……。

まずは、この世界の農業レベルについて知らないと話にならないだろう。


ということで、今、私はハーベ君とハーベ君のお父さんのアグリさんにお屋敷に来てもらって、話を聞いているんだけど……。

「では、アグリさんのお父様がここで畑を拓（ひら）いた頃と比べると、明らかに収穫量が落ちているということですね？（やっぱり、輪作障害かぁ）それって、り」

「連作障害でしょうな」

「……え？」

「同じ畑で一つの作物を作り続けると、土地が痩せて育ちが悪くなります。昔は1、2年休ませれば大丈夫だったのですが、最近はそれもあまり効果がありません。大麦の代わりに小麦を植えてみたりもしたのですが、そもそもこの土地は寒すぎて、小麦は上手く育たないのです」

どうも、私のなんちゃって知識チートは、またも役には立たないっぽいです……。

「……え～と、何か解決策は？　他の土地ではどうしているのですか？」

「大抵は、貴族様や魔力量の多い地主が豊穣魔法をかけます。この魔法を使ってもらうと、弱っている農作物も蘇りますし、連作障害も起きません。

私の父は、もう亡くなりましたが、元々ユーグ侯爵領で小作農をしてまして。私が小さい時に新天地を求めてこの町にやってきました。当時は公爵様のお屋敷もなくて、本当にただの集落だったのですが、自分の畑が持てると必死に土を耕したそうです。

聞いた話では、前の土地ではかなり地主に酷使されていたそうで……。ただ、今考えると、地主が豊穣魔法を使ってくれるだけでその年の収穫が保証されるのだから、あんなに威張り散らされるのも仕方がなかったのかもしれないと、年を取ってからはたまにこぼしていました」

あったねぇ……そんな魔法が、確か魔法大全に。

でも、あの魔法の効果は、今一つよく分からない。

『大地に神の恵みを与え、豊穣を約束する魔法』ってことなんだけど、具体的な効果がはっきりしない。

さっきの話から考えて、恐らく土地を回復させる魔法なんだろうけど、地中の特定の養分を増やすものなのか、元の状態に戻すものなのか……。

植物に直接働きかけるという線もあるし……。

うん、要実験だね。

当初のイメージとは違ったけど、所詮魔法ありきの世界だしね。

今まで通りに、農地で試せる魔法の実験をやっていけば問題ないだろう。

とりあえず、豊穣魔法の効果と具体的な使い方が分かれば、それだけでこの町の収穫量は上がるということだ。

私はアグリさんに豊穣魔法の解析が済めば、この町の畑に豊穣魔法をかけてあげることができるからと伝え、無事にこの町の農家の皆さんの協力を取りつけたのだった。


今日からいよいよ学校の建設が始まる。

実は建築に必要な木材や石材、土砂(どしゃ)などは全て、既に学校建設予定地に運び込まれている。

これから行うのは、建物の建築だ。

ゼロンさんの話だと、ゼロンさんたちの魔力量の問題で、何日かに分けて作業は行われるらしいんだけど、おおよそ1週間程度で完成するだろうという話だ。

今日は初日ということで、レジーナやレオ君、他の子供たちも連れて、工事の見学に来ている。

ちなみに、ユーノ君とアンちゃんは、今日は私たち見学組ではなく、ゼロンさん率いる職人一家側での参加だ。

２人の魔力量も２００ＭＰ程度はあるため、こういった大きな建物を建てる時は貴重な戦力らしい。

「ようし、始めるぞ」

設計図を前に向こうで話し合っていたゼロンさんの家族が、一斉に顔を上げる。

いよいよ工事の開始だ。

まずゼロンさんの指示で、建物を建てる位置にロープが張られていく。

具体的な建物の大きさや位置をイメージしやすくするためだ。

建物の位置が定まると、初めに登場したのはなんとアンちゃんだ。

彼女はゼロンさんの指示で、ロープで区切られた枠の中央に移動すると、ゆっくりと跪(ひざまず)いて地面に手をつけた。

ゆっくりと深呼吸して、地面に魔力を行き渡らせていく。

そして唱えられるのは、土地や金属などの無機物を成形する金魔法。

「Формируйте неорганические материалы в нужную вам форму」

地面が一瞬淡い光を発し、あとには固く踏み固められたような、草1本ない平坦な地面が現れた。

少し息の荒いアンちゃんの頭に手を置き、満足そうに頷くゼノンさん。

「アン、とても上手にできたぞ。上出来だ。これなら何も手直しはいらんな」

ゼロンさんに褒められて、アンちゃんもうれしそうだ。

再度整地された土地を丁寧にチェックしたゼロンさんは、皆に指示を出して建物の床や壁になる資材を適切な位置に移動させる。

「そこの土砂はそこだ。その材木はあそこにまとめて積み上げておけ！」

ゼロンさんの指示に従って、ゼロンさんの家族と近くの村から助っ人に来ている2人が動き出す。

「私たちも手伝いましょうか」

他の見学組の子供たちに声をかけると、慌てたようにゼロンさんの制止が入った。

「お嬢さんに手伝ってもらうなんてとんでもない！　黙って見ていて下さい。他の子供らの手伝いも大丈夫です。実際のところ、こいつらじゃ大した助けにはなりませんから」

そうは言うけど、ただの荷物運びなら、この子たちはそれなりに役に立つと思うんだよね。

「そうですねぇ……。では、私はここで見学させてもらうことにします。でも、他の子たちには手伝わせましょう。自分たちの学校ですから、やはり自分たちの手で作るのは当然です。それに、この子たちはみんな軽量魔法が使えますから、荷運びなら邪魔になることはないと思いますよ」

「なっ⁉　軽量魔法⁉　本当ですか？」

「ええ、地図作りの時に、私が教えましたから」

巻き尺やら大きな分度器やらを持って1日中走り回るのは、小さな子供には結構な労働なのだ。

だから、荷物を軽くする軽量魔法についてはレジーナが教え、私が発音指導をして事前に皆に覚えてもらった。

「あれ？　ユーノ君とアンちゃんから聞いてませんか？」

「いえ……。ユーノ！　アン！　ちょっとこっちに来い！」

何事かと、こちらにやってくる2人。

「お前ら、アメリアお嬢さんに軽量魔法習ったって、本当か？」

軽く睨むゼロンさんに、アンちゃんは兄ユーノ君を見つめる。

「うん、習ったわよ。でも、どうせアメリア様に習ったら軽量魔法が使えるようになったって言っても、誰も信じないっていってお兄ちゃんが……。変に思われてアメリア様に迷惑かけちゃうから、お父さんには言うなって……」

「いや、だって、呪文って普通神殿の石板で覚えるものでしょ？　なんとなくべらべらしゃべっちゃいけない気がして……」

「……分かった。一応、色々考えた上での行動だったということで、今回は見逃そう。確かに、お前の言うことにも一理ある。軽量魔法を覚えたって分かったら、仕事が増えるとか考えたわけではないらしいからな！」

「ハハハ」

そんなやり取りを経て、私を除く皆が荷運びのお手伝いに参戦する。

「「「「「Разделите силу магией」」」」」

皆が軽量魔法をかけることで、単純に子供たちが自分で運ぶ資材だけでなく、大人が運ぶ荷も軽くできる。

皆それほど魔力が高いわけではないので、事前に貸し出してある魔石の魔力も併用しながらで、せいぜい半分から目一杯頑張って10分の1程度の重さにするだけだ。

それでも、丸木（まるき）や大きな岩の塊が、頑張れば大人2人で運べてしまうというのは大きい。

まる1日かかると思われていた資材の振り分けは、お昼前には終わってしまった。

お昼の休憩を挟んで、午後からはいよいよ建物の建築だ。

実はここからの作業はほとんど魔法となるため、人手の方はそれほど必要ないらしい。

他の村から手伝いに来てもらっている人も、荷運び要員として雇ったとのことで、来るのは今日だけなのだそうだ。

レジーナが軽量魔法を使えることは知っていたそうだが、まさか見学に来た子供が全員軽量魔法を使えるとは思わなかったと苦笑していた。

「ユーノ、まずこちらの壁からだ。1人でいけるか？」

「大丈夫だと思うよ」

そう言うと、ユーノ君は壁用に積まれた土砂と石材の山に、自分の魔力を通していく。

そして、足元に置かれた壁の図面にチラッと目をやり、アンちゃんが朝唱えたのと同じ呪文を唱える。

「Формируйте неорганические материалы в нужную вам форму」

金魔法。どこの神殿にもある火水金木土の5大魔法の1つ。

この魔法は金属を好きな形に成形できる魔法なんだけど、金属だけじゃなくて、今回のように土や岩なんかも自由に加工できる。

でも、木材はダメ。

こちらは同じ加工系でも、木魔法でないと加工できない。

ちなみに、魔獣の皮や牙なんかも木魔法で加工できるらしいから、多分金魔法は無機物、木魔法は有機物を加工する魔法なんだと見ている。

ただ、どちらも使い方は同じで、まず加工したい対象に自分の魔力を行き渡らせる。

あとは、どのようにしたいかをイメージしつつ、呪文を唱えれば完成だ。

問題はこの魔法のために必要な魔力量なんだけど、実はかなり個人差が大きい。

というか、この世界の人の魔法の使い方は、大雑把すぎる！

明らかに、魔力の無駄遣いだ。

上手く魔力を浸透させていけば、ほとんどのものは少量の魔力で十分に成形が可能だ。

それを力任せに魔力を流し込もうとするから、抵抗が大きくなって大量の魔力が必要になる。

その辺りはうちに来ている子供たちにもしっかりと教え、今は正確な魔力操作についての訓練の最中だ。

レオ君とレジーナは、もうかなり上手い。

他の子たちも初めて私のところに来た頃と比べると、だいぶ魔力の扱いが上手になったと思う。

まだまだだけどね。

で、そんなユーノ君の魔力の扱いはどうかな？

「なっ⁉」

淡い光に包まれた土砂の山は、次の瞬間まるで意思を持ったかのように動き出す。

整地された土地の真横に積まれた土砂は、整地された土地の方に流れ込み、その境で天に流れ落ちる滝のように、重力に逆らって土砂の幕を作り出す。

それらはやがて動きを止め、収束し、目の前には建物の壁が出来上がっていた。

こういう大規模なのは初めて見たけど、なかなかに大迫力の光景だった。

私はまだこちらの魔法に疎いし、身長も低いから、余計にすごく感じるのかもしれない。

慣れちゃえば、ただの工事現場の光景なのかもしれないけど。

「…………………」

私の隣に立って、息子の作業を見つめるゼロンさんの目は真剣だ。

ユーノ君は現在12歳、もうじき13歳になる。

この国では13歳からは正式に働くことができる年齢になるので、ユーノ君の年齢だと、もうそろそろ〝お家(うち)のお手伝い〟ではなく、一人前の職人の卵とみなされる頃だ。

ゼノンさんにとっては、そういった見極めの仕事でもあるのだろう。

先程から、やけに真剣にユーノ君のことを見つめている。

「…………。ユーノ、ご苦労だった。休んでいいぞ」

ユーノ君の作った壁を確認しながら、そう言うゼロンさんに対して、ユーノ君はというと……。

「いや、多分まだ……、あと二面くらいはいけると思う」

「なっ、ちょっと待て！　いくらなんでもそれは……」

「いや、本当に無理してるとかじゃなくて、自分の感覚だとまだ半分も魔力を使っていない感じがするから」

「…………」

しばらく考え込んだゼロンさんは、できると思うならやってみろと、ゴーサインを出した。

そして、宣言通りに、学校の正面入口を残す残り三面の壁を、問題なく完成させてしまうユーノ君。

三面作ったところでほとんどの魔力を使い切ったようで、そこでユーノ君の出番は終了となった。

「…………」

その後は、ゼロンさんが正面の壁と内側の部屋の仕切りの壁を作り、ゼロンさんの奥さんが木魔法で床板を張り、今日の作業は終了となった。

「あとは、屋根だけですか？」

「そうですなぁ。まさか、今日中に床板まで張れてしまうとは思いませんでした。今日中に壁まで手をつけられれば御の字と考えてましたので……。明日の天気が少々心配ですが、予想以上に順調ですよ」

「そういえば、サマンサも明日は天気が崩れるかもと言っていたような……。これ、作りかけのままで大丈夫ですか？　屋根がないと、中の床とか濡れちゃいますよね？」

「まあ、あとでこまめに水分を拭き取って乾かせば問題ないでしょう」

ゼロンさんはそう言うけど、せっかく張った床板が濡れてしまうのはいただけない。

「ゼロンさん、魔力の問題だけなら、ゼロンさんが細かく指示してくれれば、魔法は私たちが使いますので、屋根まで張っちゃいましょう」

「なっ、それはさすがに……。屋根を張るとなると、相当な魔力が必要になります。レオナルド坊っちゃんならある程度作れるでしょうが、さすがに今日中に完成させるほどの魔力は……」

「その点は大丈夫だと思いますよ。レオ君だけじゃなくて、私やレジーナも手伝いますから」

どうせ途中で作業が終わってしまっても、濡れるのは同じだからということで、とりあえず私の要望通りにやってみようということになった。

「お嬢さん、そこは木魔法で梁を……」

「レジーナ、そこは軽量魔法で一旦資材を上に上げてから……」

「坊っちゃん、そこの部分にすっぽり嵌まる形で金魔法を……」

ゼロンさんの指示で、私とレジーナ、レオ君が校舎の屋根を完成させていく。

初めは遠慮がちに指示していたゼロンさんも、私たちがゼロンさんの指示と図面通りに不安なく魔法を使っていくうちに、指示を出すことにもすっかり慣れてしまったようだ。

私たちに魔力切れの気配が全く見られないことに首を傾げながらも、まだ続けられるのならと、どんどん指示は続いていく。

ついには屋根だけでなく、ドアや窓、内装にまで作業は及び、気がつけば、私たちの校舎は1日で完成してしまった。

厳密にはまだ内装も含めた細かな微調整はあるし、まだ実験場の方はこれからだ。

でも、本来は余裕を持って2週間ほどの工期を取っていた作業が、たったの1日で終わってしまったのだ。

さすが、魔法文明である。

魔力さえあれば、本当になんでもありだ。

本日の成果に私が満足していると、ゼロンさんが話しかけてきた。

「今日はありがとうございました。

まさか、本当に完成させてしまうとは、思いもしませんでした」

何やら真剣な様子でお礼を言ってくるゼロンさん。

「いえいえ、こちらこそ、いい勉強になりました。あっ、工賃のことでしたら、初めのお話の通りにちゃんとお支払いしますから、大丈夫ですよ」

だから、心配はいらないと言うと、ゼロンさんはそのことはどうでもいいと首を振る。

どうでもいいのか？　お金は大切だよ。

「それよりも、お嬢さんに1つ訊きたいんだが……。こう言っちゃ失礼だが、なぜお嬢さんやレジーナに、あんなことができるんです？　坊っちゃんは貴族で、魔力も多いからまだ納得できる……いや、もちろん、お嬢さんも貴族だが……」

「ああ、別に気にしなくていいですよ。私の魔力が少ないのは有名ですから」

「いや、まあ、でも、お嬢さんは貴族だから、何か自分らには分からん才能があるのかもしれん。でも、レジーナは違う。俺とレジーナの両親とは、同じ頃に移住してきた縁で、かなり仲良くしていた。だから、レジーナのことは生まれた時から知っている。確かにレジーナは昔から勉強熱心だったし、軽量魔法を使えるのも知ってる。

だが、今日みたいなことができる魔力は、レジーナにはなかったはずだ。いや、レジーナだけじゃない。うちのユーノやアンもおかしい。あいつらの魔力は、せいぜい俺と同じくらいだ。

それなのに、今日のあいつらは……悔しいが、俺以上の仕事をしていた。おまけに、この町の神殿にはない軽量魔法まで……。アメリア様、一体うちの子供たちに、どのようなことを教えて下さったんですか？」

あれ？

やらかした？

でも、これから学校が始まったら、皆、今以上に優秀になってくよね？

大体、そうなってもらわないと、私が困る。

ここは、そんなことは当然という風に乗り切ろう。

「別に大したことはしていませんよ。そもそも、皆さんの魔力の使い方は、大雑把すぎるんです。ちゃんと魔力操作の練習をして、魔法の構造をしっかりと理解すれば、ずっと少ない魔力で魔法は使えるようになるんですよ」

当然のように宣う私。

まあ、私の場合は呪文そのものをいじっちゃってるから、効率云々とは違うんだけどね。

なぜ石板もなく魔法を覚えられたのかもスルー。

勢いでごまかす！

黙って私の話を聞いていたゼロンさんは、大きく息を吐くと、苦笑しながら言った。

「アメリア様、俺は、私はねぇ、実を言えば、この町の発展なんて信じてなかったんですよ。地図作りも学校作りも、正直ただのお嬢様のお遊びだと思ってました。

私も最初にこの町に来た時には、ここは今はこんなでも、そのうち領都として発展すると……そんな夢を見ていました。だが、領都に定まり公爵邸ができても、肝心の公爵様はちっとも顔を見せない。最近男爵になったばかりの貴族が、代わりにお屋敷と町の管理をするだけだ。別に横暴なことをされるわけでもないし、決して住みにくいわけでもない。でも、最初に抱いた希望は早々に消えていきました。

1年、いや、そろそろ2年ですか……。アメリア様が来られた時もそうだった。公爵様が来られるといっても、王兄殿下のディビッド様ではなく、実際に来たのは元平民のアリッサ様と、魔力の低いアメリア様だ。私は元々王都で仕事をしていましたので、アリッサ様のご結婚の事情は聞いていましたから……。こう言ってはなんですが、アメリア様を初めて見た時には、あぁ、王都から逃げてきたのだろうと、そう思いました」

はい、正解です。

逃げてきました。

お父様は、この領地をどうにかする気は全くありません。

ぐうの音も出ませんね。

「ですが、今日の作業を見て、うちの子らやレジーナ、そしてアメリア様を見て確信しました。この町はこれから間違いなく発展する！

俺がこの町に来たのは間違いじゃなかった。……いつかレジーナの父親にも、あの世で自慢してやりますよ。お前が死んだあと、セーバの町は大発展を遂げたってね」

「分かりました。セーバの町は私が責任を持って発展させます。ゼロンさんにはそれをしっかりと見届けてもらわなければなりませんから、それまではレジーナの父親の分まで長生きしてこの町に貢献して下さい」

「ええ、微力ながら精一杯頑張らせていただきます。それと、遅くなりましたが、ユーノとアン、それからレジーナのこと、よろしくお願いいたします」

子供の私に深々と頭を下げるゼロンさんは、本当にうれしそうに見えた。


それから1週間ほどで学校は完成した。

建物自体の建築日数は実質3日ほどだ。

前世の科学技術を駆使しても、たったこれだけの人数でこんな短期間では不可能だろう。

魔法文明様様だ。

ゼロンさんも、私やレオ君、レジーナの協力がなければ絶対に不可能と言っていたし、やはりこの世界ではいかに上手く魔法を利用できるかが発展の鍵なんだろうね。

でも、それは決して魔力量ではない。

レオ君はともかく、私やレジーナはゼロンさんと比べてもかなり魔力は低いわけだからね。

やりすぎちゃうと、この世界の社会制度を混乱させちゃうからまずいけど、やはりこの町の発展のためには、魔法教育は必須だろう。

うん、とりあえず太極拳は必修科目だね。

あとは、二桁までの足し引き掛け割りを徹底させて、最終的には日本の小学校卒業程度の算数までは教え込みたい。

読み書きはもちろんだけど、理科や社会についても、ある程度の知識は教えた方がいいよね。

その辺は、個々の進展具合を見ながら考えていこう。

授業は、毎回私が教えるのは無理があるから……基本はレベル的に上の子が下の子を教えるというスタイルにしよう。

教える側の勉強にもなるしね。

人数はどのくらいになるかなぁ……。

できれば町の子供たちには全員参加してもらいたいんだけど、家の手伝いをしなければいけない子もいるだろうから、その辺は状況を見て、無理のない範囲で柔軟に対応って感じかな。

まずは農家のまとめ役のアグリさんと、網元の……網元さんに話をしてみるか……。

あの網元のおじさん、何か苦手なんだけど……。

なんか偉そうだし、目つきが嫌らしいし……。

ついでに言うと、地図作成の時に途中で来なくなった2人のうちの1人が、あのおじさんの息子だ。

で、もう1人はその息子の取り巻き。

私やレオ君に対しては慇懃な態度を取っていたけど、他の子たちには妙に偉そうだった。

レジーナの言うことなんて、端から聞く気がない感じだったしね。

で、レジーナは私の側近だからしっかりと話を聞くようにって注意したら、次の日から来なくなった。

あの子の親が、漁師のまとめ役かぁ……。

気が進まないけど、一度話をしてみるか……。

「いやあ、この料理は実にうまいですなあ。うちも素材の一番いいところをお届けした甲斐があるというものです。この魚は時間が経つとすぐに味が落ちてしまうんですよ。ですから、毎回新鮮なものをお届けするのは、正直こちらも大変なのですが、公爵家の食卓に並ぶものだと思えば、私も手が抜けませんからなあ」

着慣れぬ一張羅（いっちょうら）を着込み、カチャカチャ、くちゃくちゃと食事をするのは、この町の漁師のまとめ役、網元のゲスリーさん……いや、本名ですよ。

自分で名乗ってました。

「それにしても、せっかくの素材をアリッサ公爵様に味わってもらえなかったのは残念ですな。体調が優れないとは、実に残念だ」

私とアルトさんを前に、本当に残念そうな顔をするゲスリーさん。

なんだろう……この地を治める男爵様と、仮にも王家の血を引く公爵令嬢だけでは不服なのだろうか。

私もなんちゃって貴族だし、別に身分を振りかざす気はないけど、これは身分関係なく失礼ではないだろうか。

そもそも、なぜ今私がこのおじさんと夕食の席にいるのか？

もちろん、今度始める学校についての話し合いのためである。

アルトさんと話し合った結果、一応正式に男爵家、公爵家の連名で、夕食への招待状を出したのだ。

うちは一応ここの領主なので、本当はただ呼び出して話をすればそれでいいのだ。

でも、あれでもこの町、というか村に元々いた住人だし、町のまとめ役の1人でもある。
さすがに領主が自ら領民の家を訪ねるのも問題があるし、ただ呼び出したのではプライドの高い人だからへそを曲げるだろうということで、わざわざ招待状を出して招待したのだけど……。

ちなみに、招待状を届けに行ったダニエルの話だと、彼は全く招待状の文面は読めていなかったそうだ。

受け取った招待状を難しい顔で睨んでいたので、それとなく招待状の用件を口頭で伝えてあげたら、「ここにもそう書いてあるな。確かに了承したと公爵様に伝えてくれ」と言われたそうだ。

何か、逆に増長させた？

ちなみに、お母様は仮病だ。

ゲスリーさんを呼んで、町の学校について話し合うと言ったら、今日は気分が悪くなる予定だから、夕食は別室で1人で食べると笑顔で宣言された。

……お母様の気持ち、分かるかも。

食事も済み、私たちは場所を移して本日の用件について話し合ったのだが……。

「お嬢様が町の子供に学問を授けたいというのはよく分かりました。

ですが、正直なところ、私ら漁師にとっては、たとえ子供でも貴重な労働力なのですよ。お嬢様のように、毎日塔にこもって好きな本を読んでいればいいというわけにはいきません。

漁師にとっては、毎日が海との戦いなのですよ。今日お嬢様が食べられた食材も、そうした私たちの戦いの成果です。労働力が減るということは、そうした町の食糧が減ってしまうということなのですよ。

うちのグルーピーもまだ子供とはいえ、私の跡を継ぎ町を支えていく将来の網元です。今から覚えるべき仕事は、たくさんあるのですよ」

塔のある崖の上から見ていると、砂浜で元気に遊ぶお宅のお子さんたちの姿をよく見かけますけどね。

それにしても、なんだろう、このおじさん。

この人の言い分って、こうだよねえ。

うちはお嬢様のように、毎日好きなことして遊んで暮らせる身分じゃないんだ。

自分たちが頑張っているから、毎日新鮮な魚を食べられるんだぞ。

誰のおかげで毎日魚が食べられると思ってるんだ。

お前の道楽に付き合っている暇などないわ。

大体こんな感じかな。

それに、あのニタニタ笑いは……。

あれは、こっちにも意図が伝わるように、わざと言ってるっぽい。

微妙に脅しもかけてるか。

文句があるなら、もう魚は売らないぞってところかな……。

あ、アルトさんがキレかけてる。

私が我慢してるから黙ってるけど、これ、今すぐ物理的に切り捨てられても不思議じゃないよね。

この町の人は他所との交流がなくて、貴族を知らないからしょうがないのかもしれないけど、こんなの王妃のベラ叔母様の耳にでも入ったら、町ごと焼き払われちゃっても不思議じゃないくらいだ。

そう考えると、お母様がここにいないのも正解かも。

さすがに、公爵様の前でやらかされちゃうと、場合によっては見て見ぬ振りもできなくなる。

「それに、これはグルーピーから聞きましたが、なんでも勉強を教えているのはお嬢様ではなく、孤児のレジーナとか。それでは大した勉強にもなりませんからなあ」

ゲスリー！　私の大事な側近を、孤児と愚弄するか！

「そうですか、分かりました。ゲスリーさんのお仕事は命がけの大変なお仕事ですから、これ以上の我儘は言えませんね。

幸いアグリさんの話では、漁師の方々と違って農家の子供たちは暇そうですから、私の相手はそちらにお願いすることにいたしましょう。漁師の皆さんの大切なお仕事の邪魔はできませんから」

「ご理解いただけて何よりですな」

私が全身の怒りを抑えてにっこり微笑むと、ゲスリーも貴族に自分の主張を通してやったと、得意そうに頷いていた。

漁師同士は団結が強いらしいから、恐らく漁師組は地図作成組のユーベイ君以外は全滅だろう。

ユーベイ君の家は漁師といっても、元々漁師だったお父さんは既に海の事故で亡くなっていて、今はお母さんと2人暮らしで、直接漁に参加しているわけではないらしい。

それに、ゲスリーの家とはあまり仲が良くないようなので、今更私のところにユーベイ君が来ても、何も言われることはないそうだ。

そんなわけで、記念すべきセーバ小学校の第1期入学生は、地図作成組の5人にレオ君とレジーナ。

それに、新たに農家の子たち5人を加えた計12人に決まった。

エピローグ

ある晴れた日の昼下がり。

公爵邸のような豪華さは見られないものの、それでもこの町の他の建物とは明らかに異なる立派な建物。セーバ小学校。

そこに初めて足を踏み入れた5人の子供たちは、なにやら落ち着かない様子で案内された教室を見回している。

「すごい!!　きれい!!」

「うおォ!!　すげエ!!　なんかスゲえな!!」

「なに？　あの黒いおっきな板？　小さなテーブルがたくさんあるし……」

「ここ、で、合ってる？　お貴族さまのお部屋、とかじゃ、ない……？」

「……おい、ハーベ。ここ、ほんとにオレたちが入っていいのか？」

自分たちの家が丸ごと入ってしまいそうな広さの教室に案内された子供たちが、興奮と不安の入り混じった視線をハーベに向けてくる。

彼らは今日初めてこのセーバ小学校にやってきた新入生たち。

この建物の建設以前からずっとアメリアの下で教育を受けてきた初期メンバーとは違う、正真正銘の新入生たちだ。

そんな子供たちにとって、新たに建てられたこの建物はあまりにも異質すぎた。

そもそも、この国の寺子屋レベルの私塾にすら通ったことのない子供たちが、小規模とはいえ、日本の教育環境を基準としたアメリア監修の校舎に足を踏み入れたのだ。

もう、まんま異世界である。

そんな落ち着かない様子の新入生5人を苦笑いで見守るのは、既に何度もアメリアの洗礼を受けてきている初期メンバーたち。

「大丈夫。ここで間違ってないし、ここがこれからお前らが勉強していく場所だよ」

「マジか!! スゲェ!!」

新入生たちの中で興奮が不安を上回る。

「うん、がんばれば、きっともっと色々とすごいことが起きると思うよ」

同じ農家グループのリーダー的存在であるハーベの言に、これから起こることに目をキラキラさせる新入生たち。

と、そこに新たな人影が現れる。

「はい、みんな、前の方に集まって手近な席に座って下さい」

どこか浮(うわ)ついた教室の空気が、レジーナの発した声で一気に引き締まる。

同じ町の出身で、昔からよく知っている商店の女の子。

父親が死んでお店を閉めたあとは会う機会も減ったが、決して知らない仲というほどでもない。

そのはずなのに、今教室に入ってきた女の子は全くの別人で……。

(アメリア様の側近モードの時のレジーナ先生は、ほんとに怖いからねぇ)

(レジーナが公爵邸に住み込み始めたあと、ずっと会ってなかったなら……驚くよねぇ)

そんな初期メンバーの心の声を他所に、教室に入ってきたレジーナにレオナルド、そしてアメリア。

レオナルドは周囲を警戒するように、レジーナは全体を引き締める目で、アメリアの両脇の少し離れたところに控えて立つ。

そして、教室の前にかけられた大きな黒板の前に立つのは、のちに伝説となるセーバ小学校(セーバリア学園)の初代校長であるアメリア公爵令嬢。

「おはようございます。わたしがこのセーバ小学校の校長のアメリアです。

皆さんにはこれからこの学校で色々なことを学んでもらいますが、まず守ってもらいたいルールがいくつかありますので、それを言っておきます。この学校では、身分、親の職業、年齢、そして魔力量は一切関係ありません……」

本来なら、その場の緊張で泣き出してしまう子も出そうなものだが、黒板の前に置かれた踏み台の上に立って一生懸命に語るアメリアの様子が、その場に温かな空気を醸し出していた。

外伝　お嬢様は私の夢

これは、私がアメリアお嬢様の側近候補としてお仕えし出した頃のお話。

「はぁ、はぁ、あ、ありがと、ございました」

サマンサ様に訓練後の礼をすると、私はフラフラとした足取りで、訓練が始まる前に準備しておいたタオルと水筒を手に取り、地面に仰向けに寝転がるアメリアお嬢様にそれを差し出した。

「だいじょうぶ、ですか、お嬢様？」

「はぁ、はぁ、だ、だいじょぶよ。それより、いいから、レジーナも、少し、休みなさい」

「いえ、大丈夫、です。サマンサ、様も、このあとの、仕事に、さしつかえ、ない、くらい、の、体力は、残して、下さって、ますから」

「もう、いいから、あなたも、ちょっと、おやすみ、しなさい」

地面に直接座り込んで水筒とタオルを受け取ったアメリアお嬢様は、ご自分の横の地面をポンポンと叩きながら、侍女の私に一緒に休むように促す。

「いえ、そんな」

「いいから、命令よ」

そう言って、こちらに笑顔を向けるお嬢様。

まだ少し息が荒いけど、しっかり運動したせいか、いつもよりも子供っぽく見える。

大賢者様の塔で研究をなさっている時や、同じ運動でも太極拳をされている時のお嬢様は、私よりずっと年上の、大人の女の人のように見えるのに……。

やっぱり、貴族のお嬢様ともなると、普段から気を張っていないといけないいんだと思う。

さすがはアメリアお嬢様だ。レオナルド様とは大違い。

レオナルド様は、どうせ今も呑気にベッドの中だ。

まだ日が昇る前の、暗い早朝の時間帯。私がサマンサ様からこっそり護身術の訓練を受けているという話を聞くと、お嬢様は自分も参加すると言い出した。

なんでも、自分は圧倒的に対人戦闘の経験が足りないから、そこを補いたいのだとか。

サマンサ様曰く、アメリアお嬢様には既にしっかりと身につけられた自分の流派(りゅうは)があるから、技術的な指導は必要ない。実戦形式の模擬戦の中で、多くの経験を積んでいけば十分とのこと。

だから、今日の訓練も、私が体力作りや基礎訓練中心なのに対して、アメリアお嬢様はひたすらサマンサ様と乱取(らんど)り稽古を繰り返していた。

お嬢様はすごい。

私より年下なのに、既にご自分の武術を身につけている。

頭もすごく良くて、お嬢様が塔でどのようなことを研究されているのか、正直、私には全然分からない。

お嬢様は私に研究を手伝ってもらって助かると言っていたけど、毎日接していれば嫌でも分かる。

私に手伝ってもらう必要など、お嬢様には全然ない。

自分でやった方が早い仕事をわざわざ私にやらせて、手伝わせるフリをして私に学問を教えて下さっているのだ。

……今の私では、全然お嬢様のお役に立てない!!

アメリアお嬢様がセーバの町を発展させるお手伝いをしたい、なんて、そんな偉そうなことを言っておきながら、結局はまた、知らぬ間に周囲の人たちのお世話になっているだけだ。

「レジーナも飲みなさい」

私がお渡ししたお水を召し上がっていたお嬢様が、コップと水筒を私に差し出してくる。

「いえ、そんな……」

主人（あるじ）と並んで同じコップの水を飲むなんて、侍女にあるまじき行いだ。

そんなところを誰かに見られたら、それこそアメリアお嬢様の沽券に関わる。

「だいじょうぶよ。この時間なら、まだだれも起きてこないし、周囲の目のないところなら、サマンサもうるさいことは言わないから」

そう言って差し出されたコップと水筒を恐る恐る受け取り、訓練で乾いた喉にお水を流し込んでいく。

「おいしい……」

訓練で疲れた体に、お嬢様に分けていただいた冷たいお水がしみ渡る。

そう、このお水は、まるで汲みたてのように冷たいのだ。

訓練前に井戸から汲んで、だいぶ時間が経ってしまったお水は、普通ならもっとぬるくなってしまっているはずなのに。

まるで、汲みたてのようにおいしい。

『お嬢様、何を作られているのですか？』

『ん？　これはねぇ、水筒よ』

『水筒、ですか？（水筒って、水魔法で水を生み出す携帯容器の魔道具だったような）』

『あれ？　知らない？（もしかして、この世界にはない？　そういえば、セーバに来る時にも、みんな樽に水魔法で水を入れて、そこから汲んでたような……)。ええと、外に持っていける水差しみたいなものよ。外で急にのどがかわいてお水が飲みたくなったとき、べんりでしょ?』

それって、やっぱり私の知っている水筒で合ってる?

と、いうことは、アメリアお嬢様はただの容器ではなく、魔道具を作ろうとしているってこと?

そんなの子供に作れるわけない……いや、でも、お嬢様なら、もしかして?

アメリアお嬢様は何度も金魔法を使って、筒状の容器を加工していく。

表面の曲線は滑らかで、とてもきれいだと思う。

きっと、こんなの、ゼロンさんにも作れないし、今すぐ王都のお店に並べても全然見劣りしないと思う。

細部の細工もとても細かくて……あれ? 別に作ったコップに溝をつけて……あぁ、コップが蓋になるんだ!

コップを別に持っていかなくてもいいのは助かるかも。

アメリアお嬢様は魔力がとても少ないから、本当はこんな職人のような魔法なんて使えるはずがないのに……。

初めてアメリアお嬢様の魔法を見た時にはとても驚いた。

攻撃魔法も、職人が使う金魔法や木魔法も、どんな魔法だってアメリアお嬢様は使えるのだ。

もちろん、軽量魔法も使えて、しかも自分が使えるだけではなく、私の軽量魔法の発音を直してくれたりもした。

お父さんとの思い出の魔法を失わずに済んだのも、全部アメリアお嬢様のおかげだ。

『ここがむずかしいのよねぇ……風魔法で空気をぬいても、そのあとのんびり金魔法でふたをしてたら意味ないし……ここは金魔法と風魔法のどおじはつどう……は、むりか……じゃあ風魔法でつくった真空をこのまいじして……』

見たところ、お嬢様の水筒？　はとても上手にできていると思う。

形もきれいで持ちやすそうだし、細かく彫られた溝で容器と蓋がしっかりと噛み合っていて、ただ注ぎ口に栓(せん)を押し込んだだけの容器より、ずっと使いやすそうだ。

『あの、お嬢様、わたしはとても上手にできていると思うのですけど、いったいどこがダメなのですか？』

そう尋ねる私に、お嬢様が説明して下さったのが……。

水の温かさが変わらない容器？　冷たいお水は冷たいままで、熱いお湯は熱いまま？

それって、私の知っている水筒とは違うけど、やっぱり魔道具なんじゃ？

『それは、新しい魔道具でしょうか？』

『べつに魔石も魔力も使わないから、魔道具ってわけではないのよ』

その言葉に余計に混乱する私に、アメリアお嬢様はさらに追い討ちをかける。

しんくう？　ねつでんどう？　しんくうにじゅうこうぞう？

盛大に混乱する私を他所に、アメリアお嬢様はその後もずっと魔法を使い続け、ついにこの〝水筒〟を完成させたのだ。


お嬢様は本当にすごい。

この水筒1つとっても、それがよ〜く分かる。

こんなものを作れてしまう魔法の技術も、仕組みを思いつく知識も……。

そもそも、私なら、こんな道具があったら便利だということさえ思いつけない……。

黙って水を飲む私の様子を、微笑みながら見つめるお嬢様の目は、既にいつもの大人の目で……。

私より年下なのに、もしお母さんが生きていたら、こんな感じなのかもなんて、ちょっと変なことを思ってしまった。

いや、いや、いけない！　私が守られてどうするの！

本当は、私がアメリアお嬢様に頼られる存在にならなきゃいけないのに……。

「あの、アメリアお嬢様。わたしは本当に、セーバの町を発展させるというお嬢様のお役に立っているのでしょうか？」

それは、アメリアお嬢様の側近候補としてこのお屋敷に来てから、ずっと考えていたことで……。

「えっ？　もちろんよ。レジーナはとてもがんばってくれているし、セーバの町を発展させるっていうわたしの計画も、まあまあ順調だと思うわ」

「でも!!」

「ねえ、レジーナはセーバの町を発展させるって、いったいどうすればいいと思う？」

「それは……たくさんの人を、王都から連れてくればいいのではないでしょうか」

改めて訊かれると困るけど、きっと私のお父さんやアンさんの家みたいに、王都からセーバの町に移住する人が増えれば、町はどんどん大きくなっていくと思う。

「そうね。でも、これは聞いた話なんだけど……」

そう言ってアメリアお嬢様が教えてくれたのは、このセーバの町に初めて公爵邸と賢者の塔が建てられた頃のお話だった。

「それこそ、１００人いじょう、この町の人口よりもずっと多い人が、このお屋敷やお祖父様の塔を作るためにやってきたそうよ」

「え？」

「でも、みんな帰ってしまった。けっきょく残ったのは、レジーナのお父さん、お母さんと、職人のゼロンさん一家だけ。なんでだと思う？」

「……それは、やっぱりセーバの町より王都の方が、たくさんものもあって住みやすいから」

「そうね、それもあるかも。でも、一番の理由は、お仕事がないからよ。お仕事がなければごはんも食べられないでしょ？」

公爵邸と賢者の塔を建てるためにやってきた職人さんたちも、そのお手伝いをするためにやってきた商人さんや料理人さんたちも、公爵邸と賢者の塔が完成してしばらくすると、みんな王都に帰っていってしまったそうだ。

「お父様もお母様も住まない。住むのは男爵になりたての元冒険者のアルトさんと、部屋にこもって研究ばかりしているお祖父様だけ。おまけに、この町でとれる食りょうだけでは、ぜんぜん食べ物もたりない。もう、帰るしかないでしょう？」

確かに、その通りだ。

お父さんはセーバの町の発展を信じて残ったけど、もし一緒に来ていた商人さんたちがみんな同じように残ったとしたら……。

きっと、お客さんの取り合いになって、お父さんのお店も上手くいかなかったと思う。

ただ住む人が増えればいいってわけではないんだ……。

「だからね、この町にもっとお仕事をふやそうと思うの。もっといろいろな産業を発展させて、はたらける場所をふやしたいのよ」

さすが、アメリア様だ。すごい！

そうすれば、きっと、もっとたくさんの人が集まる。

でも、産業を発展させるなんて、どうすればいいんだろう？

私にできる？

私にできることなんて、やっと少しずつ覚えてきたメイド仕事と軽量魔法くらい……。

「それでね、やりたいことはいっぱいあるんだけど、人手がたりないの。わたしがやりたいことをするためには、もっとわたしを手伝ってくれる人が必要なのよ」

「それでしたら、お屋敷のみなさんに手伝ってもらえばいかがですか？」

アメリアお嬢様がお願いすれば、みんな喜んで協力してくれると思う。

でも、それではダメだと言う。

そもそも、お嬢様の望むお手伝いの人というのが、魔力操作も魔法も上手で、読み書き計算も商人並みにできて、他にも色々なことを知っていて、アメリアお嬢様の指示通りに動いてくれる、そんな人なんだって。

しかも、貴族はダメで、そんな人が何百人もって……。

それって、サマンサ様とダニエル様を１００人ずつってこと？

そんなの無理に決まってる。

「お嬢様、それはちょっとむずかしいと思います」

そう答える私に、

「いないなら、育てればいいのよ」

そろそろ明るくなってきたからと、その場で立ち上がったお嬢様は、笑顔で私の方を見て、そう言っていた。


どうもアメリアお嬢様は、このセーバの町に学校のようなものを考えているらしい。

でも、それは、昔、お父さんから聞かされた学校とはちょっと違うみたい。


『王都には主に一般の商人なんかが通う私塾と、大店(おおだな)の跡継ぎや老舗(しにせ)の職人、そして貴族が通うモーシェブニ魔法学院があるんだ。普通の私塾で教えてくれるのは基本的な読み書き計算だけで、もっと専門的な知識や魔法について学びたければ、モーシェブニ魔法学院に通うしかない。もっとも、学院に通うのは色々と面倒だから、普通は私塾に通うか、レジーナのように家族や知り合いから習うのが一般的だね』
『わたしはお父さんに教えてもらえるからだいじょうぶだね。軽量魔法も王都の神殿でちゃんと覚えられたから、怖い貴族がいる学院？　には行きたくないよ』
『はは、そうだね。（入ろうと思っても、そう簡単に入れるところでもないんだけどね）』

お父さんの話だと、アメリアお嬢様の言うような魔法や専門的な知識を学べるのは王都の学院だけで、それ以外の学校で教えているのは基本の読み書き計算だけだったはず。

お嬢様は、セーバの町に学院を作ろうとしている？

でも、お嬢様は、貴族はダメだって言ってたし……。

きっと、お嬢様が考えている学校というのは、私が聞いたことのある学校とは違うんだと思う。

町の人たちのために勉強を教えてあげるとかじゃなくて、どちらかというと、サマンサ様やダニエル様が私やお屋敷の使用人を鍛えているのと同じような……。

きっと、お嬢様が作ろうとしている学校は、町の人たちに学問を授ける場所とかじゃない。

お嬢様がこの町を発展させるために、必要な人材？　を教育する場所なんだと思う。

今、私が色々と教えてもらっていることを、学校を作って他の人たちにも教え込む。

それを繰り返して使える人を増やして、今度はその人たちを使ってセーバに新しい産業を興(おこ)す。

アメリアお嬢様が私に色々と教えて下さっているのも、全てはそのためなのかもしれない。

セーバの町が発展したらいいと、ただ希(こいねが)うだけの私とは違う。

常にどうすればいいかを具体的に考え、それを実行に移していく。

お嬢様は、私の夢を形にして下さる方だ。

あとがき

幼いころ、私の周りには異文化が溢れていました。外国産のウィスキーやブランデー、世界各地の民芸品、当時はまず手に入らなかったタッパーいっぱいの甘いアイスクリームや大きな牛肉の塊……。今考えると、外国航路の船乗りをしていた父が買い漁ってくるお土産の数々に囲まれた我が家は、まだインターネットも海外旅行も一般的ではなかった時代、かなり特殊な環境だったのかもしれません。

特殊な環境といえばもう一つ。それは長期休暇に対する認識。一年のうち九か月をずっと家族と離れて海の上で過ごした父は、三か月もの長いお休みを、家族との時間を取り戻すべく目一杯楽しく過ごしていました。もう、家族旅行（家庭の事情）で学校をお休みするのは日常茶飯事でしたね。

そんな環境で幼少期を過ごしてしまった私が、バックパッカーとなるのは必然だったと言えましょう。異文化に憧れ、数か月程度の自主的長期休暇など何も不安に感じない、いわゆる社会不適合者の完成です。ネットもなく、情報といえば洋書のガイドブックを読み解くくらいしかなかった頃、無謀にもサハラ砂漠をバイクで走ろうと飛び出した私は、気が付いたら病院のベッドの上でした。はい、アメリアと同じです。現実の私は一週間ほど意識不明のあげく現地の病院のベッドで目を覚まし、アメリアは異世界で目を覚ましたと、大体、そんな感じです。

えっ、あのプロローグってフィクションじゃないのって？　結構盛ってますが、仲の良い知り合いが読めば、これってＲｙｏｋｏのことじゃない？　って気付くくらいには本当だったりします。あとがきどころか、作品プロローグまるごとを使っての作者紹介……なんて自己顕示欲の強い作者なのでしょう……。まぁ、実際は、作品キャラクターをしっかりと構築できない非才な作者が、もし自分だったらという視点で書きやすいよう、主人公を設定しただけなのですが……。

ともあれ、この作品、バックパッカー、茶道、太極拳、勉強ネタと、かなりニッチな作品となっております。いずれかに興味のある方にも楽しんでいただけるかと。もちろん、ふつうに異世界転生ものの好きの方にも、気楽に楽しんでいただける内容になっております。私のモットーは、自分の好きなキャラが辛い目にあうのは見たくないという、ストレスフリーが基本コンセプトですので……。お気軽にお読みいただければ幸いです。

最後に、出版初心者でｗｏｒｄの使い方すらよくわかっていなかった私に、丁寧にお付き合いくださった編集様、漠然とこんな感じ……というイメージしかない私に代わってステキなイラストを描いてくださったフェルネモ先生、そして、『小説家になろう』を通してずっと応援して下さった読者の皆様に感謝を。そして、私の本の出版を待つことなく、先日旅立ってしまった父に最大限の感謝を込めて。

ちったい俺の
巻き込まれ
異世界生活
1～6
著 ぬー
イラスト こよいみつき
2024年9月、
最新7巻発売予定！
異世界転生したら幼児になっちゃいました!?
コミカライズ企画進行中！
ちったい俺でも
異世界を楽しんでいい？
巻き込まれ事故で死亡したおっさんは、幼児ケータとして異世界に転生する。聖女と一緒に降臨したということで保護されることになるが、第三王子にかけられた呪いを解くなど、幼児ながらに次々とトラブルを解決していく。
みんなに可愛がられながらも異才を発揮するケータだが、ある日、驚きの正体が判明する――
ゆるゆると自由気ままな生活を満喫する幼児の異世界ファンタジーが、今はじまる！
1巻：定価1,320円（本体1,200円＋税10%）978-4-8156-1557-4
2巻：定価1,320円（本体1,200円＋税10%）978-4-8156-1558-1
3巻：定価1,320円（本体1,200円＋税10%）978-4-8156-1918-3
4巻：定価1,320円（本体1,200円＋税10%）978-4-8156-2155-1
5巻：定価1,320円（本体1,200円＋税10%）978-4-8156-2322-7
6巻：定価1,430円（本体1,300円＋税10%）978-4-8156-2323-4

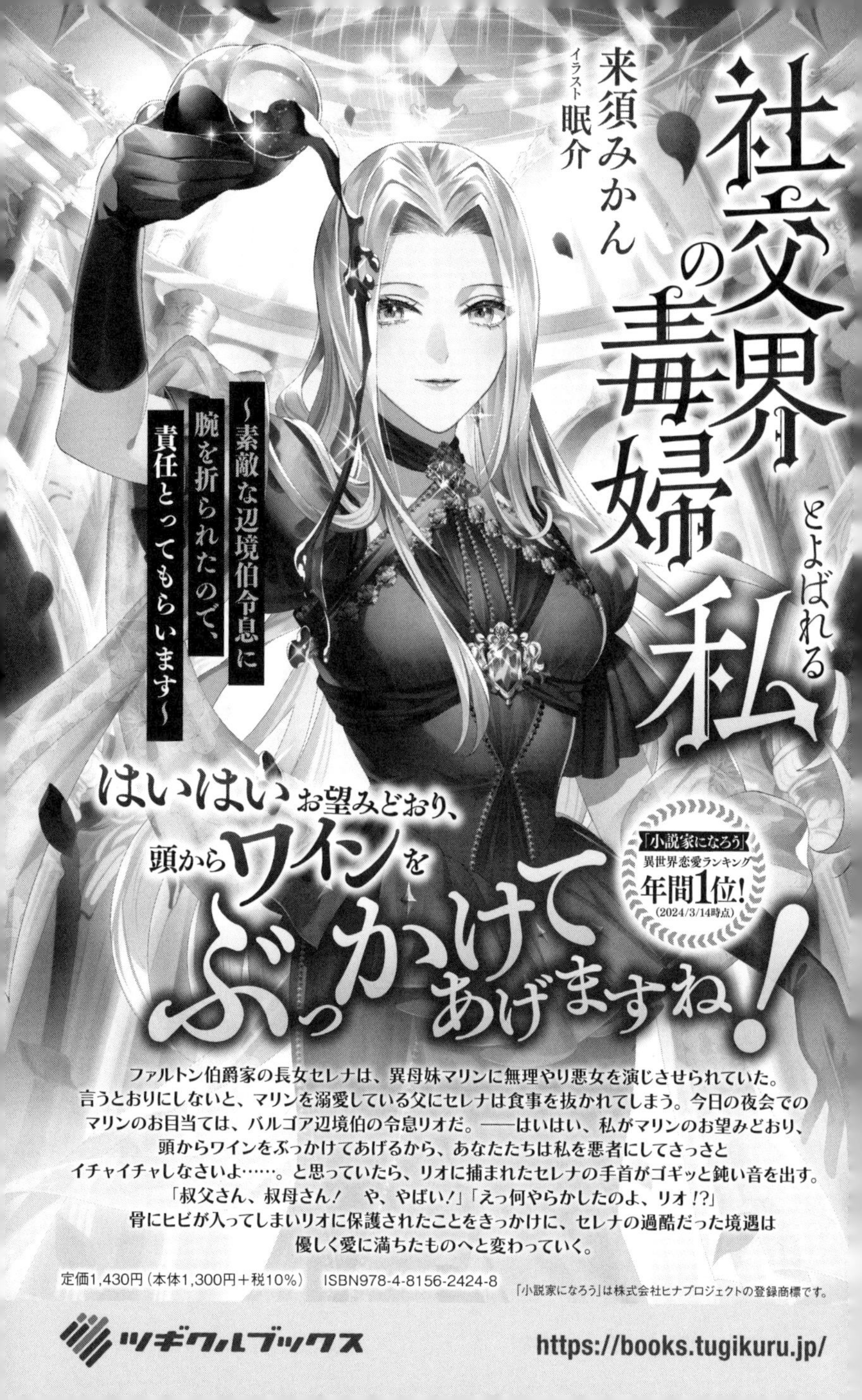
社交界の毒婦とよばれる私
来須みかん
イラスト 眠介
〜素敵な辺境伯令息に
腕を折られたので、
責任とってもらいます〜
はいはいお望みどおり、
頭からワインを
ぶっかけてあげますね!
「小説家になろう」
異世界恋愛ランキング
年間1位!
(2024/3/14時点)
ファルトン伯爵家の長女セレナは、異母妹マリンに無理やり悪女を演じさせられていた。
言うとおりにしないと、マリンを溺愛している父にセレナは食事を抜かれてしまう。今日の夜会での
マリンのお目当ては、バルゴア辺境伯の令息リオだ。——はいはい、私がマリンのお望みどおり、
頭からワインをぶっかけてあげるから、あなたたちは私を悪者にしてさっさと
イチャイチャしなさいよ……。と思っていたら、リオに捕まれたセレナの手首がゴギッと鈍い音を出す。
「叔父さん、叔母さん!　や、やばい!」「えっ何やらかしたのよ、リオ!?」
骨にヒビが入ってしまいリオに保護されたことをきっかけに、セレナの過酷だった境遇は
優しく愛に満ちたものへと変わっていく。
定価1,430円(本体1,300円+税10%)　ISBN978-4-8156-2424-8
「小説家になろう」は株式会社ヒナプロジェクトの登録商標です。
ツギクルブックス
https://books.tugikuru.jp/

小鳥ライダーは都会で暮らしたい

小鳥屋エム

イラスト 戸部淑

コミカライズ企画進行中！

楽しい異世界で相棒と一緒に

ふんわり冒険しよう！

天族の血を引くカナリアは15歳で自立の一歩を踏み出した。辺境の地でスローライフを楽しめる両親と違って、都会暮らしに憧れているからだ。というのも、カナリアには前世の記憶がある。遠い過去の記憶だが一つだけ心残りがあった。可愛いものに囲まれて暮らしたいという望みだ。今生で叶えるには、辺境の地より断然都会である。旅立ちの供は騎鳥のチロロ。騎鳥とは人間が乗れる大きな鳥のこと。カナリアにとって大事な相棒だ。

これは「小鳥」と呼ばれるようになるチロロと共に、都会で頑張って生きる「可愛い」少年の物語！

定価1,430円（本体1,300円＋税10%）　ISBN978-4-8156-2618-1

https://books.tugikuru.jp/

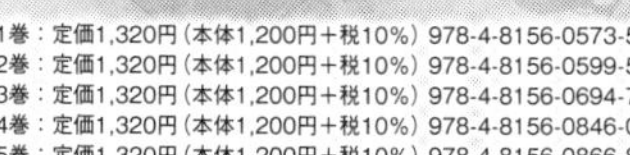

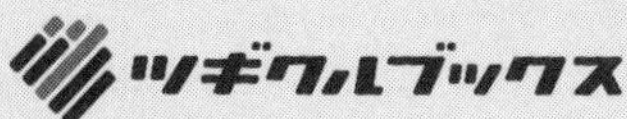

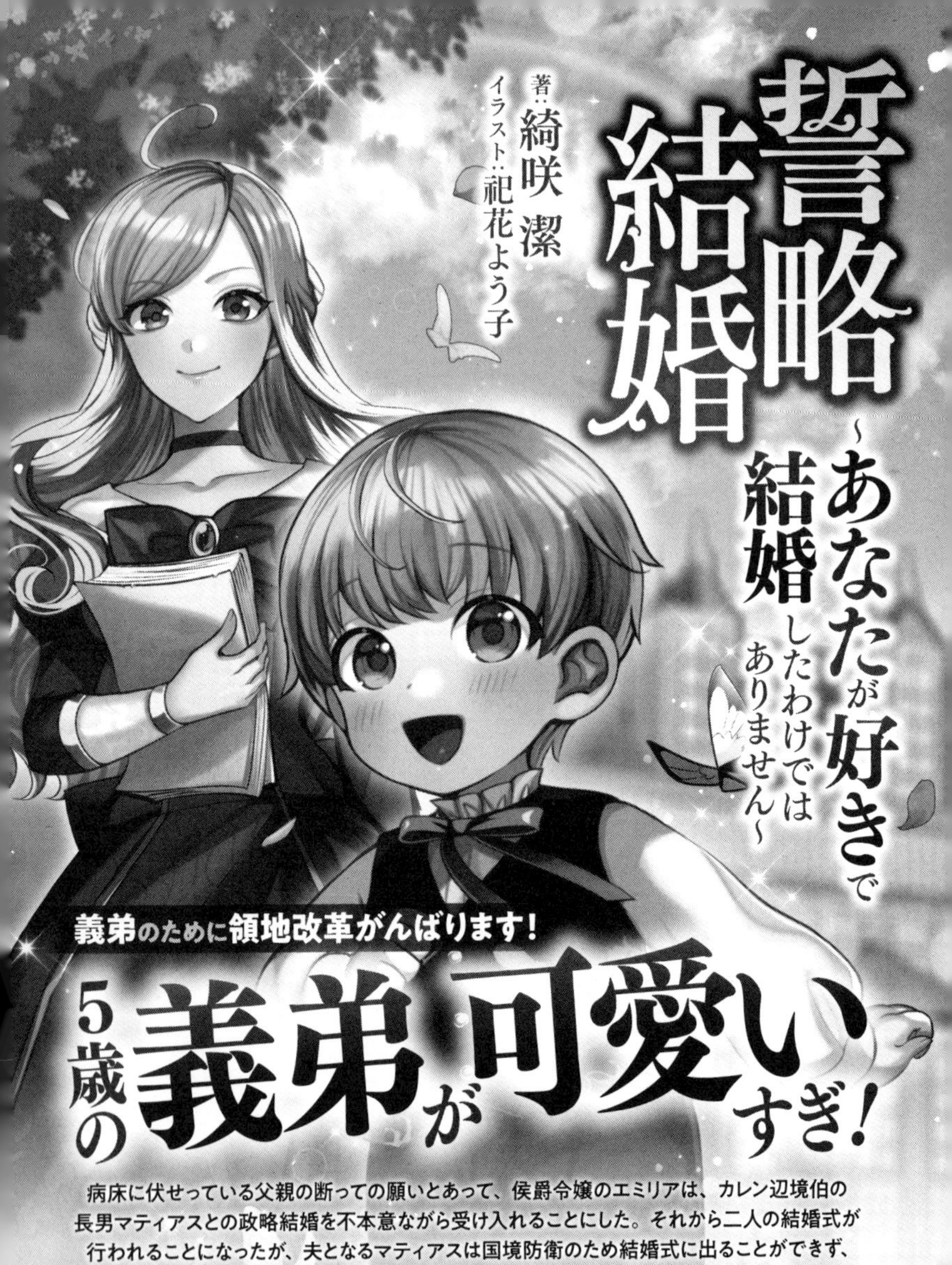

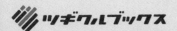

愛読者アンケートに回答してカバーイラストをダウンロード！

愛読者アンケートや本書に関するご意見、Ryoko先生、フェルネモ先生へのファンレターは、下記のURLまたは右のQRコードよりアクセスしてください。
アンケートにご回答いただくとカバーイラストの画像データがダウンロードできますので、壁紙などでご使用ください。
https://books.tugikuru.jp/q/202405/kyouikushitai.html

本書は、「小説家になろう」（https://syosetu.com/）に掲載された作品を加筆・改稿のうえ書籍化したものです。

転生幼女は教育したい！
～前世の知識で、異世界の社会常識を変えることにしました～

2024年5月25日　初版第1刷発行

著者　Ryoko

発行人　宇草 亮
発行所　ツギクル株式会社
〒105-0001　東京都港区虎ノ門2-2-1
発売元　SBクリエイティブ株式会社
〒105-0001　東京都港区虎ノ門2-2-1

イラスト　フェルネモ
装丁　株式会社エストール

印刷・製本　中央精版印刷株式会社

ISBN978-4-8156-2634-1
Printed in Japan